刘恒 著

作家出版社

图书在版编目（CIP）数据

天知地知 / 刘恒著.—北京：作家出版社，2023.6
ISBN 978-7-5212-2308-8

Ⅰ.①天… Ⅱ.①刘… Ⅲ.①中篇小说—中国—当代 Ⅳ.①I247.5

中国国家版本馆 CIP 数据核字（2023）第 077212 号

天知地知

作　　者：刘　恒
策　　划：刘　刚　彭鲲杨
责任编辑：杨兵兵
特约编辑：胡一平
装帧设计：奇文雲海 Chival IDEA
出版发行：作家出版社有限公司
社　　址：北京农展馆南里 10 号　　邮　　编：100125
电话传真：86-10-65067186（发行中心及邮购部）
　　　　　86-10-65004079（总编室）
E-mail:zuojia @ zuojia.net.cn
http://www.zuojiachubanshe.com
印　　刷：北京盛通印刷股份有限公司
成品尺寸：120×185
字　　数：48 千
印　　张：4.5
版　　次：2023 年 6 月第 1 版
印　　次：2023 年 6 月第 1 次印刷
ISBN 978-7-5212-2308-8
定　　价：48.00 元

作家版图书，版权所有，侵权必究。
作家版图书，印装错误可随时退换。

去年清明节,我一个人回乡下扫墓。父亲脱不开身,就用废纸剪了一大堆纸钱儿,让我带上。妻子觉得可笑,把纸钱儿从书包里掏出来,换了苹果、香蕉和橘子。当然不是祭品,是给我带着路上吃的。我说何必呢,你不跟着去倒也罢了。我吃了一个苹果三根香蕉,把纸钱儿塞回去,攥着半个剥好的橘子就上路了。世上有许多让人喜欢的事情,逛公园、听音乐、打麻将、吃冰激凌,但扫墓不算,给谁扫墓都不算。开往山区的长途汽车乌烟瘴气,吱吱嘎嘎,塞了可能有一百人。

它在盘山公路上晃来晃去，给人一种顽强地迫不及待地奔向地狱的感觉。我的祖先在坟墓里向我招手。扫墓变成一件十分恐怖的事情了。

这时候有人叫我的小名。多年不听了，猛一听倍感庸俗，让人不好意思答应。也许是叫另外一个人吧，正这么想着，叫我的人已经咋咋呼呼地挤到跟前。全车厢的人都在看我们，也许都在看我。小名已经够难听了，他又叫我作家！他对我蜷在这里表示惊奇，大声追问为什么不让轿车送我，仿佛我真有这个资格，只是太艰苦朴素了似的。他那么真诚，我就不认为他的话是多么了不起的侮辱了。这是一位远房表兄。我们在血缘上有一些久远的瓜葛。总之，葡萄架上结满了葡萄，我是其中一颗，他是另外一颗。我压低了声音向他问候，他却加大了嗓门儿，提起我的作品来了。

"那些搞破鞋的事儿是你瞎编的吧？"

我一下子乱了方寸。我们都没有座位,像两根胡萝卜一样挤在一起,四周一股家禽的味道,车轮颠了几下,又漾出山羊的味道来了。我不打算往他嘴里吐唾沫,但我必须阻止他的卖弄。扒裤子可以,光屁股不行!我也抬高了嗓音,像粗人一样嘎嘎笑着,问他张三好吗,李四好吗,王五好吗?我不想让他喘气。他说张三发了大财,李四没发财,王五发了笔小财,可是老婆跟人跑了。表兄喘气均匀,顺利绕了回来,用殷切的目光看着我。

"那个破鞋!你真该写写她!"

我是堵不上他的嘴了。一个很馋或很饿的人盯上了一块肉,谁也别指望阻止他。随他去吧。我顺便问到了一个人,懒洋洋地等着他说点什么,却听不到声音了。我又问,来昆好吗?表兄眯着眼,下巴越夺拉越长,二百五一样瞪着我。

"哪个来昆?"

"李来昆。"

"哪个李来昆?"

"槐树堡的,黑脸儿,凸眼睛!"

"说的谁呀?我也是黑脸儿。"

"吹口琴的,想想!"

"嗨!"他拍了一下脑门,"是大昆吧?"

"对,是他。"

"是牵着公驴满世界找母马的大昆吧?"

"就是他。"

"嗨!"他又拍一下脑门,"我比他白多了!"

"他好吗?"

"好,好个屁!"

"怎么了?"

"他死啦!"

"嗯?"

"死了好几年了,你真的不知道?"

我们都瞪着对方,确信没人开玩笑。他滔滔不绝地说起来,渐渐眉飞色舞,我却一个字都听不进去了。除了亲人,我们对别人的死不大在意。哪个领导挨了下属一个嘴巴,哪位熟人被按在别人家的双人床上,似乎更能勾起大家的兴趣。但是,一个人毕竟实实在在地死掉了。大昆不在了。也许不必做出很在意的样子,人嘛,生下来就是为了死的。可是做出很不在意的样子,我做不到。他死了好几年了。这几年我干什么去了?如果不是顺便问到,我会想起他吗?我很可能会彻底忘掉这个人。

表兄已经不知不觉地绕回了老地方。

"你跟我说实话,搞过仨俩的吧?"

他扒掉了我的裤子。汽车在颠簸,载着赤条条的我奔向地狱,奔向祖先沉睡的地方。我一路风尘，不是想投入祖先的怀抱，也不是为了向祖先表示歉意。没什么大事，只想给他们送点儿零花钱，我背着满满的一书包呢！这与金钱当道的现实多么和谐，简直不可思议。不可思议的事情太多了。汽车五次绕过悬崖险路，却一次也没有掉下去。车里有山羊味儿，有山羊叫唤，却没有山羊，下坡的时候，它终于从车篷顶上掉了下来。我的嘴对着表兄的鼻子，他说那些不着四六的鬼话的时候，我一直盯着那根鼻子，却并没有把它咬下来。还有，最后一件：李来昆曾经是一位公认的死不了的人，死不了的人死掉了。

谁能给我解释这是怎么一回事呢？

李来昆属虎，比我大四岁。1950年夏天一个日子，他的双亲去玉米地里锄草，母亲说累了，父亲说再锄一垄，母亲说歇歇吧，父亲说再锄一垄!父亲锄得正欢,母亲却哎哟一声躺下了。然后,李来昆就从容地爬了出来。他躺在田垄里,沾满了泥土和草叶子,哭声像一只找不着家的老鸹。父亲把他塞进干粮袋儿,拎着拎着回了槐树堡,几只狗围上来,父亲就把干粮袋儿顶在头上了。路上跟人借火,烟叶太湿,费了两根火柴也点不着。父亲躲到树后头,用两条腿夹住李来昆,好不容易点着了,转过身来,发现几只狗在街里狂奔,裤裆里的干粮袋儿却不见了。父亲大声问,我儿子呢?没有人能够回答他。只有一个站在墙头上的女人嘻嘻笑着,说快看狗嘴里叼的啥。父亲噢一声扔了烟袋追上去,乡亲们也跟着追上去,槐树堡顿时鸡飞狗跳,陷入一片少见的混乱之中。一只狗穿过牲口棚,不小心把干粮袋掉在马槽里。另一只狗叼起来接着跑,接连飞越了羊圈和猪圈,见麦场上有人,一着急蹿上了粮食垛,又从粮食垛上了房顶。人们蹬梯子爬墙，追上房顶，那只疯狗竟然凌空跳了下去。李来昆在空中像老鸹一样哭着，露出鲜嫩的小脑袋，像一只刚刚剥了皮的粉色的兔子。他和狗掉在一大堆麦秸中不见了。

那个年代，男人和女人都很辛苦，也格外勤劳，把孩子生在地头，生在碾道旁，生在砍柴的路上，不是什么新鲜事。比较奇怪的是一群狗叼着一个刚刚生下来的孩子，房上房下地乱跳，一群人翻跟头打把式，却怎么也追不上它们。场面无法想象，接下来的情景更让人难以忘怀。人们翻遍了小山一样的麦秸，就差一根一根数了，却只找到了一条空荡荡的干粮口袋。父亲号啕大哭，像个老娘儿们。他已经有五个女儿，他唯一的儿子让狗叼走了。他说我不想活了老子不想活了！好心的人们拿着镐头，在麦秸堆四周寻找可疑的洞穴，不时象征性地刨几下，吓得老鼠们四处乱窜。妇女们围上来拍打父亲的肩膀和后背，说儿子丢了嫂子还在，好好干，不出一年又该你笑了。实际上，五分钟以后父亲就笑了。一个乡亲听到鸡窝里有老鸹叫唤，纳闷它是怎么飞进去的，伸手一掏便掏出来一块沾满了鸡屎的嫩肉。他不知道院子外面发生的事情，以为自己遇见鬼了，撒腿往街里跑，大叫不好啦快来人哪！

　　李来昆不承认老鸹的事。一有乌鸦飞过就急着辩解，说你们听你们听，怎么可能呢？我们也认为不可能。但是李来昆承认腿上、屁股上、后背上以及肩膀上的疤瘌是狗咬的，脑袋除外。他头顶上有一些细碎的白斑，很像狗的牙印儿。他说这是躺在鸡窝里让母鸡给铩的，跟狗没关系。不管跟哪个畜牲有没有关系，我们一群人光着屁股站在小河边的时候，只有他是伤痕累累的东西，别的家伙都显得过于光滑了。他整个人就是一条大疤癞，横在水面上，像一条翻着肚皮的鱼。你不能不承认他是一个幸运的人，一个逢凶化吉的人。

这样的人怎么会死呢？

狗嘴余生之后，他没有遇到什么像样的危险，顺利活到九岁。不幸的是父亲馋上了白酒，母亲又生了三个弟弟，自然而然地需要一个出气筒。他既然有那么多疤癞，再添几个也不要紧，酒瓶子、擀面杖、锅铲等等便不时落在身上。所以，给他造疤癞的不光是畜牲。他说这个是狗咬的，那个是狗咬的，就比较可疑了。但是他该不该揍呢？槐树堡的乡亲说该揍。我们清水铺的乡亲也说该揍。他几乎干遍了男孩子能干的调皮事，小到往别人头上放毛毛虫，大到往邻居家的腌菜缸里拉屎，拉完了还搅和，让人看不出来。山谷里经常响起父亲的骂声，瞎了眼的狗哇，你不嚼了他，给老子留着干啥呀？一边骂一边追，手里有什么扔什么。有一回扔出个蒜臼子，没打着李来昆，倒把街边一头毛驴给砸蒙了。

九岁那年夏天，槐树堡发了泥石流，死了几户人，剩下的逃到清水铺避难。有亲戚的投奔亲戚，没亲戚的住在小学校和供销社。李来昆一家找不着地方，又不太受欢迎，就住在操场北头的土戏台上了。操场一片汪洋，足有一腿深，戏台子像个孤岛，正在风雨中沉没。那是我第一次看见李来昆。他蹲在水边看雨，像一只呆鹅，黑黑的脸，凸凸的眼睛，一脸傻相。外祖母指着他叮嘱我，别跟他玩儿，千万别跟他玩儿！我问怎么了？她说他是个烂眼子货呀，小心他往你头上拉屎！李来昆拉屎不挑地方是很有名的，不过跟后面的事情比起来简直算不上什么了。

那天早晨雨没有停，远远地听见有人破口大

骂，瞎了眼的狗哇，你不嚼了他，给老子留着干啥呀！我溜出去看热闹，发现李来昆正在操场上划船，父亲在后面追他，教室的窗口和门口聚满了哈哈大笑的人。水淹到腰眼儿，可能也喝多了酒，父亲怎么也追不上他。眼看要追上了，儿子举着笤帚一吓唬，手又缩了回去。李来昆缓慢地划过操场，兜了半个圈子，突然拐入街中的小河。他父亲跌倒在校门口，可能踩着树坑了，脑袋半天才浮出来。李来昆停了一会儿，见父亲呛得晕头转向也没忘了骂人，就放心地沿着满街的雨水顺流而下了。那是小学校的门板，漆着白字，我和另外七八个孩子纷纷爬上去。路上翻了一次。在拐弯的地方又翻了一次。翻了几次之后，船上只剩下李来昆、我和另外一个人。他用鼓眼睛瞪着我，让我很不舒服。他说你知道你娘为啥把你生出来？我说不知道。他又问另一个孩子，你娘把你生出来凭的是哪一条？那孩子也不知道。他说让我告诉你吧！我们的小船刚好漂过工作队的后窗户，里面有吹口琴的声音，呜呜的。那些话听起来很神秘，也很单纯。

"你爹往你娘屁眼儿里撒了一泡尿。"

他说完船就翻了。我爬起来回家去，把他的话向外祖母复述了一遍。外祖父在一边听着，抬手给了我一个大嘴巴。我五岁，李来昆九岁。他的启示给我留下了非常深刻的印象。不过事情还没有完。李来昆偷了工作队的口琴。人家打着手电查了半个村子，最后查到了小学校，把睡得迷迷糊糊的李来昆从被窝里揪了出来。他说我没偷，啥叫口琴，我没见过口琴，口琴啥样儿，没偷就是没偷！雨越下越大，工作队像一群落汤鸡，不知如何是好。父亲已经看明白怎么回事，大叫你偷没偷？李来昆一愣，胳膊和腿立即被揪住了。

工作队连忙劝阻，越劝父亲越来劲，脑袋一热，就把儿子横着从戏台上扔到水里去了。瞎了眼的狗哇！工作队不明白这句没头没脑的话是什么意思。他们等着李来昆从水里爬出来。但是他再也没有从大家希望的地方爬出来，扑通一声巨响过后他就不知去向了。人们在水里摸他，在街里找他，在山坡上亲切地呼唤他，都没有用。不知何处传来口琴的呜呜声，再一听又不见了，过一会儿又呜呜地响起来。那一夜清水铺的人都没有睡好，雨下得太大了。后悔的父亲带着哭腔儿叫到天亮，来昆，回呀，来昆，回呀！给死人招魂一样。外祖父说回个屁，让大水冲走了小狗日的才好哩！天亮不久，从西边传来隆隆的声音，房子和炕都跟着动，接着锣声就响了。乡亲们撤到后山，站在雨里往远处看。原先淌着洪水的地方现在淌着泥石流，许多房子那么大的石头在泥槽里往下漂,漂得很慢。又听到了口琴呜呜哑哑的声音。李来昆的父亲在人群里找他的儿子,喝得红头涨脸,说见我儿子没有,见到来昆了没有?泥槽越来越宽,村外那棵老槐树笔直地竖在泥里,慢吞吞地画着弧线,一点儿一点儿漂过来了。李来昆的父亲醉了,淌着眼泪,说来昆调皮是调皮,可从来不偷东西!他朝工作队的人大声叫唤,我们李家人祖祖辈辈没拿过别人家的东西!正在纠缠,李来昆的母亲尖叫了一声,孩子他爹!他在树上!天哪!

他确实在树上。他不仅在树上,他还吹着口琴。不知道是着了魔,还是吓傻了,他像骑驴一样骑着一根树杈,一点儿也不把正在发生的事情放在眼里。这样子使村里人受惊却激怒了他的父亲。他父亲怪叫着奔向泥槽,我们都以为他痛不欲生要拼死把儿子救出来,想不到他一下接一下地朝那棵老树甩起了泥巴。他气晕了。

"狗日的！真是你拿啦！你妥妥死去！把口琴扔过来！给老子扔过来！"

李来昆放下口琴，没有扔过来，而是学着父亲的样子朝岸上甩起了泥巴。父亲甩了十几下，连儿子的毛儿也没有沾着，儿子只甩了一下就糊住了父亲的脑门儿。

李来昆一举成名。

清水铺的老槐树流到五岭峪的村口不流了，站住了，从此茁壮成长，成了人家的标志。五岭峪离清水铺三十里，李来昆从树上爬下来慢慢往回走，走进小学校的时候已经是后半夜了。两个搭伴上厕所的女老师用手电筒照着他，不知道这个满脸满身泥巴的人是谁。他吹了一声口琴，龇着白牙笑着，两位女老师就相继跌坐在操场的湿地上了。没有人相信他还活着，因为没有人相信那棵树会成精,竟然一直竖着不倒。父亲惊得说不出话来,连打他的力气都没有了。工作队出于同样的原因,不仅把口琴送给他,还教他吹出了动听的曲子。《我们走在大路上》《我们年轻人有颗火热的心》,等等。人们向奇迹屈服了。在李来昆坏得流脓的身上突然开出了鲜花,让别的孩子又羡慕又嫉妒。我们不明白这些奇迹是怎么回事。清水铺派人到五岭峪交涉老槐树的所有权,没有成功。派去的人说谈不拢就砍树,人家说砍树不行,有本事把树移回去。人们渐渐地不提这棵五个人也抱不过来的老槐树了。人们提的是另外一件事。一个正在被泥石流卷走的孩子,隔着七八丈远朝他父亲甩泥巴,一下子击中脑门,让老东西半天没有爬起来!这是怎么搞的?这孩子是什么东西?他是什么做的?他是怎么想的?他是人吗?这件往事勾起了乡亲们长久的兴趣,什么时候提起来都津津有味，却永远也找不到答案。那个坏小子是不可思议的人。

他击中父亲之后就吹着口琴远去了。

这样的人怎么会死呢？

李来昆十岁上学，十四岁就辍学了。其间死了母亲，是脑瘤，一种很高级的病。还死了一个姐姐，重感冒。先发了几天热，刚要治就抽风了，死得很不高级。后来一个弟弟也发热，赶快治，拼命治，却落了大脑炎后遗症，下场似乎比死还要差些。家里又添了一个白痴。整天醉醺醺的老白痴更贪酒了。那时候父亲给生产队放马，经常醉倒在山里，闹得不是自己下落不明，就是马下落不明。李来昆不止一次进山找他，看见他倒在自己的呕吐物中，满脑袋都是蚂蚁。一个儿子面对这种情景能有多少选择呢？李来昆叉开腿，往父亲脸上撒尿。尿毕竟是有限的,所以那张肮脏的脸从来没有干净过。这种情景让外村一个羊倌碰上了。

"干啥呢?"

"尿他。"

"尿你爹?"

"尿的就是他。"

"找死!"

"他找死!有尿吗?"

"有。干啥?"

"帮我尿他!"

蚂蚁们一哄而散。那一回洗得比较干净。后来李来昆就厌倦了。对一个酒鬼来说,几泡尿顶不了什么事。既不能开导他,更不能解救他。尿无非是尿罢了。李来昆不再读书,顶替父亲进山放马,从此老白痴就不是醉倒在山里而是频频醉倒在村街里了。

李来昆不喜欢学校，却喜欢识字。他在这方面很有天赋，能够随意阅读手边的每一页带字的纸张，包括密密麻麻的报纸。他放马时背着带双襻儿的布口袋，里面装着干粮和换钱用的东西，季鸟壳、蛇皮、山桃、榛子，还有一个包着旧手帕的口琴和一本包着粉色点心纸的字典。字典很旧，用橡皮膏粘着。他说是语文老师送的，别人和家里人觉得更像偷的，但是也没有证据。不管怎么说，他坐在山坡上一边吹口琴一边查字典，似乎是与过去很不一样的一个人了。

我们很少见到他，他偶尔到清水铺来，在山边的小河里给马洗澡，也给自己洗澡。这成了我们小小的节日。我们乐意光着屁股跟他泡在同一条河里，因为他是名人，是一个与众不同的人。吸引我们的除了一身疤癞，还有他的早熟。他把阴毛捋成很逼真的八字胡的样子，摇着器官给大家训话，先模仿鬼子的司令官，一眨眼又换成另一部电影中的老政委了。他说尸体的尸下面加一个上吊的吊，是什么字？我们不认识这个字。他说请打开字典第九十二页，我给你们配插图。

"在尸体上吊着，懂了吗？"

他挺着小肚子的怪相把大家乐坏了。不管他认识多少字，不管他口琴吹得多么好听，他还是过去那个拉屎不挑地方的人。用外祖母的说法，是一个坏人。我们可不这么看。我们都盼着他捻着八字胡出现在山边小河的岸上。他太有趣了。我们要像他那般有趣就好了。但是，我们命里注定是一些无趣的人。

1965年秋天，李来昆参加了民工队，去筷子岭修公路。不计工分，结现钱，每天一块两毛五。可以打三斤散装白酒。父亲让李来昆谎报年龄，又反复叮嘱他,一块二是我的,五分钢镚儿是你的,少一分我要你的命。父亲整天醉得不省人事,在钱上可一点儿不含糊。李来昆不动声色地答应了。他告诉姐姐们,一块二给家里,五分的零头儿赏给老白痴喝酒,说完就背着一把口琴、一本字典、一个圆珠笔芯和一双大姐给缝的布袜子上路了。

他平生第一次出远门。他自称十七岁,身高却不足一米六,体重只有九十斤的他在工地上像一只猴子,在工棚里像一只鸟。起初有人想欺负他,结果吃饭在饭盒里吃出异味儿,一钻被窝发现脊梁底下有水。当然不是水,那是英雄的李来昆故技重演了。不久大家便知道,他就是那个在泥石流中漂了三十多里地并且击中他父亲的怪物。有善良的民工对他说,幸亏是一块泥巴,换一块石头就麻烦了。他说不知道能打上,要不换一块石头多好，哪怕换一块木头呢，不麻烦，一点儿也不麻烦！

"打上他就别想喝了。"

他一边说一边真的捡起一块石头。他的凸眼睛使劲瞪着，浑身的大疤癞让人胆战心惊。那些打算拿他当猴耍的人睡不着觉了，他们怕睡着了让他把脑袋切下来。这种浑小子什么事情做不出来呢？

民工队的领导喜欢听他吹口琴，很器重他，不让他推石渣夯地基而让他看仓库了。别人看仓库老丢东西，他一来仓库里东西越来越多，直到别的民工队找来，人们才知道这小子本事有多大。钢钎、安全帽、铁丝、油毡等等就不用提了，比较奇怪的是三辆手推车和一台三十五马力的柴油发动机，外带两桶柴油，每桶三十公斤。他是怎么从人家眼皮子底下弄来的呢？没有任何一个人不感到奇怪。他起初不肯说,后来就笑了。他说别晚上去,得白天去,趁人多的时候去,好让他们帮着往车上抬,关键是别当回事,就跟搬自己家的东西一样。

"抬完了,他们还帮我往车上捆呢!"

领导们更器重他了。不仅让他看仓库,让他在仓库里吹口琴、翻字典,还让他出板报、敲钟,让他在喇叭里念广播稿。他在广播站的抽屉里翻出了一本"大跃进"诗歌选,对着字典翻了三天,就在喇叭里念起自己写的诗来了。

  革命民工志气高,
  开山修路上山腰。
  白天黑夜拼命干,
  一颗红心冲云霄。

考虑到他一个月之前还在山上放马,他的处女作几乎是一个奇迹。人们恐怕小瞧了那本缺了页的诗歌选。那时候,全县的有线广播站分区联网,清水铺的人和槐树堡的人都听到了这首诗。他父亲对儿子的声音感到恼火,认为儿子在放屁。老白痴在街里对着小喇叭跳脚,大骂闭你娘的嘴吧!开支了也不给老子送酒钱来!李来昆没有闭嘴。他念了三遍。念最后一遍时到了虚张声势的地步,还有点儿油滑。日后他用类似的腔调念了自己攒的不下一百首诗,过分的时候一次广播念三首。他榨干了那本诗选。他文字上的能量像火山一样喷发,通过一个个小喇叭隆隆作响,给人一种乌烟瘴气的感觉。他成了工地有名的诗人。他还差一点儿成为更有名的诗人。不过那是后话了。因为套播的时间有限,只有不多几首诗传到清水铺和槐树堡。乡亲们发现酒鬼的儿子不光会写诗了,还成了油嘴滑舌的家伙。他们一点儿也不奇怪。他过去拉屎不挑地方,现在仍然如此,只不过改成革命的顺口溜儿了。

飒爽英姿铁姑娘,

推车拉土工作忙。

两根辫子朝天甩,

一双眼睛放红光。

这叫什么玩意儿?乡亲们表面竖着耳朵,心里很愤怒。每天放狗屁能挣一块多,让人想不通。不能提,一提心眼儿小的乡亲会气得发抖,忍不住要把小喇叭捅下来,像捅马蜂窝一样。我的外祖父不生气,却非常刻薄。

"放红光?母狗才放红光哩!"

外祖父一针见血。工地上没有女工梳辫子。

梳辫子的姑娘在广播室，就坐在李来昆身边，嗓音沙哑，口齿不清，一念稿子所有新旧喇叭一块儿加重噪音，听上去比诗人差得远了。她的脸是另外一副样子，漂亮、白净，不管看谁都带着惹是生非的笑容。她说弟呀，李来昆立即脱口而出，姐！她说吹个《洪湖水》吧，他把口琴往嘴里一塞就赶紧浪打浪了。她二十岁，跟二姐同龄，比二姐可快活多了。她是岭南人，名声不好，来到工地还是名声不好。李来昆不管这些。她轧不轧姘头，跟自己有什么关系呢？他很想得开。他想火候不到，火候一到，自己说不定也能轧一轧哩！

1966年11月，一个雪天的下午，李来昆和大辫子念完了广播稿没有走，守着火炉取暖。火快灭了。一说话嘴里呼呼地冒白气。大辫子说，弟呀，随便吹个曲子吧。李来昆摇摇头说，不吹，手冷，今天不吹！大辫子就那个样子笑起来了，抬高了声音,呼出的白气像揭了笼屉一样,有一股甜味儿。

"敢不吹!吹个《下定决心》。"

"不吹。"

"不吹我拿手冰你!"

"我还冰你哩!"

"新鲜!你冰哪块儿?"

"你别管。"

"冰冰姐姐的脚指甲吧!"

"我不!我冰你肉多的地方。"

"反了你啦!"

"我冰你后边!"

"小崽子,你敢!"

"不让冰后边,我冰你前边!"

"小坏蛋!哎哟哎哟……别!"

她咯咯笑个不停。两人坐在椅子上没有动弹,李来昆张牙舞爪，手指头连她的衣服都没有碰着，她假装很害怕，妩媚地缩着脖子，像个小姑娘。说不出为什么，这副样子让李来昆很过瘾，后脊梁有一股发酥的感觉。

"还吹不吹了？"

"不吹了不吹了！"

门咣一声被踢开，副队长铁塔一样的身躯堵在门口，攥着一把铁锹。大辫子突然不笑了。李来昆的两只手停在空中，一个念头闪电般划过，闹了半天，副队长是她的姘头！

"我揳你个肉多的地方！"

副队长大吼一声，举起铁锹就拍。李来昆来不及躲，屁股上结结实实挨了一下子。他抱头鼠窜，说什么也不明白自己有什么罪过。跑到外边他明白了。他忘了扳掉播音器的开关！副队长也灌多了醋，昏头昏脑地先跟相好的算起花账来了。

"没人摸你你就不舒坦？"

"逗着玩儿哩！"

"骚货！让你玩儿个够！"

"听我说……救命啊！"

民工们喜气洋洋地看着小喇叭，里面的各种声音很像一场正式奸污的前奏。不堪入耳。自己刚才跟她说什么来着？李来昆不懂什么叫不好意思，现在有点儿懂了。队长从采石场气喘吁吁地跑来，一边跑一边叫唤，来人哪，把副队长给我绑起来！队长扭头盯住了李来昆，脸色苍白，七窍生烟，一副要吃人的样子。

"把这小子也给我绑起来！"

李来昆束手就擒，心想闹了半天，正队长也是她的姘头！平时看不见，一下子都冒出来了，跟水蛇一样。他和副队长被扔进了仓库。仓库里关着从工地挖出来的牛鬼蛇神，两个地主，一个伪保长，三个小偷，还有一个不停说反动话的疯子。自己算什么呢？流氓犯？可自己干什么了？李来昆感到很委屈。除了摸烟筒自己哪儿都没敢摸，他认为自己是清白的。但是副队长不信。副队长被打折了一根肋骨，说话咝咝吸气，却死活不肯从醋坛子里爬出来。

"小王八蛋，你摸她哪儿了？"

"我摸她腔沟子了。"

副队长气得直翻白眼，可能又折了一根肋骨。李来昆很开心。过一会儿又不开心了。还有谁是她的姘头？可能只有自己不是她的姘头了。应该把她关起来！不过一想到她的笑容，他又不忍心了。何必呢？乱配对儿的蚂蚱到处都是，用不着逮，天一凉自己就蹬腿儿了。

第三天夜里，李来昆撬开仓库墙角的一块三合板，冒着大雪奔向家乡。棉袄里揣着口琴和字典，还有队长的打火机和两包绿叶牌香烟。那是他小小的报复。工地还欠他半个月的工资，他不要了。但是他顺手从仓库里抄走了一捆油毡。筷子岭离槐树堡将近五十里，小小的身影在鹅毛大雪中艰难跋涉，让沉甸甸的油毡压得弯下腰来，他心中浮出了怎样的诗句呢？不用费力想，那情景也是很动人的吧？他走进了黎明的槐树堡。一个傻女人站在墙头上看着他，嘻嘻笑着，顶着一头雪花儿。

"大侄子，你摸我前边摸我后边？"

他两眼一黑就晕倒在家门口了。

是的，这样的人怎么会死呢？

1968年冬天，槐树堡成立了宣传队，队长是李来昆。找不出比他更有才华的人了。他用口琴为女声小合唱伴奏，用圆珠笔写诗，写三句半，还写话剧。他的诗很长,得朗诵老半天,中间有很多莫名其妙的停顿和感叹词。但是他的话剧很短,演起来超不过十分钟。角色通常是两个,一个做了错事,一个出来批评,两人共同念一段语录,念完就收场。干净利落,一句废话都没有,非常受欢迎。他的诗却让人打瞌睡。不仅长,而且东拉西扯,有一种越来越不想押韵的倾向。他乐此不疲,经常把报上的文章当成写诗的材料,让一行行句子竖着排起来。他不是不想押韵,而是根本押不上韵,隔七八行插入一个韵脚已经很不错了。诗朗诵成了难度最大的节目,演员背不下来。李来昆发现自己也背不下来。他热爱自己的每一个句子,砍谁都下不去手。他熬了一小瓶糨糊,把诗粘在两个姑娘的后脖领子上,演出的时候让她们站在前排。效果不错。姑娘们嫌领子脏,他就不用糨糊,改用两分钱一个的木头夹子了。她们高兴地站在前排，不出声，只做动作，像两支高级的乐谱架子。效果真是不错。这个蠢法子成了宣传队的常规技巧，用来对付某些新节目和李来昆的所有长诗。乡亲们很快就看出破绽，但是没有人计较。背不下来是正常的。酒鬼的儿子怪话连篇，都背下来倒不对头了。看节目是图个乐儿。姑娘们领子上别着夹子，后脊梁飘着白纸，眉毛上涂着臭墨，嘴唇上抹着印泥，还像傻丫头一样板着面孔！乡亲们除了乐得合不上嘴，还顾得上什么呢？李来昆深受鼓舞，让宣传队在本村连演三场，演到最后一场就没有什么人看了。谁都不想散伙，都有一种成熟的感觉，还有很不过瘾的感觉。他们跟着李来昆去了清水铺。出师不利。老天爷想毁他们。那天风很大，又停电，不等开演便飘起了雪花。操场上没有几个人。他们站在土戏台上，心灰意冷，手脚冰凉，不知道下一步该怎么办。他们最大的十八岁，最小的十三岁，只想出出风头，没想到会付出这么大的代价。有人要哭了，小声说咱回家吧？李来昆说谁也不许走，谁走日谁！他咬牙切齿，别人就不吭声了。他们敲锣，打鼓，喊口号，等着来电，也等着来人。等到伸手不见五指，连原先几个人也走了，操场上只剩了一些孩子，像小狗一样蹦来蹦去。绝望的李来昆宣布演出开始。

"槐树堡大队毛泽东思想文艺宣传队慰问清水铺大队全体贫下中农演出现在开始！第一个节目诗朗诵……"

不等台上朗诵，台下先朗诵起来了。孩子们一边朗诵一边拍着巴掌，声音又整齐又干脆，让人在寒风中突然感到一丝温暖。

李来昆在广播站，

手上不干嘴上干！

李来昆在民工班，

摸了前边摸后边！

……

李来昆叫一声摸你娘，从戏台上蹿了下去。演员们顿时愉快了，也模模糊糊感到诗的魅力了。有人用手电筒照着前排姑娘的后背，一边大声朗读一边翻篇儿。姑娘们哧哧笑着，说别挨着翻，跳过去，念最后一篇儿！大家不太理会念的是什么，只管自己快活起来了。李来昆灰溜溜地爬回戏台，像一条丧家之犬。孩子们还在街里拍巴掌，笑着叫着，令人苦恼。

李来昆在广播站，

闭嘴不干张嘴干！

李来昆在筷子山，

挖了前山挖后山！

……

诗朗诵结束了。效果很惨。李来昆在别人的诗中太生动，自己的诗反而一句也听不进去。漫天风雪，昏天黑地，没有电也没有人，宣传队像一群鬼影。手电光不时映出一张张青色的脸，像冻硬的生柿子。小学校的看门老汉朝他们嚷嚷，别在台上说了，有啥话回家说吧！见他们没有动静，又恶狠狠地说走吧走吧，今天亮不了，电工把闸拽啦！宣传队坠入一片悲愤之中。李来昆说我们不走，爱给电不给电，我们演够了才走哩！口琴声如泣如诉，槐树堡宣传队顶着雪花儿唱起《北风那个吹》来了。

"再来一遍！"

李来昆听出有人要哭。果然有人哭了。一些路过的乡亲停下来，站在不远不近的地方，似乎听到了某种危险。其中一个人走到后边，用手电照台上的人。他披着军大衣，眼泪汪汪，不停地嘬着烟卷。他是公社临时革命委员会副主任，平日凶得不行，看来也是个感情细腻的同志。李来昆想，这位同志要干什么呢？不是欠债还不上了吧？歌唱完了。口琴甩了个尾音，像叹气一样。

"狗日的们，唱得不赖。我受不了这个，听广播也一样，喜儿一出声我就完了。娘的，太惨啦！"

"我们还有更惨的哩！"

"啥呀？"

"山梆子，李玉和的妈讲家史。"

"不听了不听了，天太冷了，鼻涕都冻住了！暖和了再唱吧。来昆，把口琴借我吹吹？你舌头上膏油了吧？"

副主任撸一下鼻涕，在戏台的砖上抹抹手。李来昆舍不得口琴，想说自己有口疮，牙床子流脓，舌头长疙瘩，嗓子眼儿发炎。终于没有张嘴，乖乖地把口琴递了出去。副主任吹了一声，哈哈，太妙了，借我吹两天吧！一行人连夜返回槐树堡。踏着山道上的薄雪，李来昆觉得下巴上正有一根一根的胡子长出来。他的心情像杨白劳一样沉重了。

不几天，宣传队又来到清水铺。不是自己来的，是召来的，让他们排练《沙家浜》。他们带着铺盖和粮食，用学校的锅做饭，在教室的桌子上睡觉，晚上排戏点着雪亮的大泡子。真是今非昔比了。但是很苦。他们愿意，打心眼儿里愿意。临时革委会改成正式革委会，想热闹热闹，庆典定在正月十三。公社穷，找不到人才，李来昆的队伍很不像样子，凑合用一用还是可以的。他们自己却不想凑合。他们到处借衣服，借帽子，借皮带，借玩具手枪，借胭脂，借茶壶，能借到的他们都借了，不能借到的用别的东西替代。李来昆饰演刁德一，借不到眼镜，用纸糊了一个，大大的，从远处看像蜻蜓一样。他还饰演郭建光，郭建光和刁德一的唯一区别就是不戴眼镜。两人戴同一顶帽子，刁德一反着戴，不是区别，是花招儿，借分清敌我逗乐用的。但是，郭建光会翻跟头，李来昆不会。郭建光从胡司令家的墙头脑袋朝下翻过去，李来昆只能在一堆秫秸上来回打滚儿。副主任把口琴还给他，劝他别那么较真儿。

"撂个扁担得了，蹦过去就是跟头！"

"还用蹦？一迈不就行了？"

"连迈也不用迈，唱完了拉倒。"

"我就不信！"

口琴上一股大蒜味儿，刺激了心中的悲壮。李来昆不甘心。他会吹口琴，会演山梆子，会写诗，什么都会，就差会翻跟头了。他把口琴泡在饭盒里，往水中放了半勺盐。还有蒜味儿！又多了点儿韭菜味儿！李来昆气坏了。他跑到月亮底下翻跟头，一直翻到后半夜。住在附近的乡亲听到操场的动静，以为来了一群毛驴，正吭吭哧哧地排着队打滚儿哩！

正月十三是李来昆露脸的日子。来了很多人。一大片脑袋，分不清谁的是谁的，但是一眼就能认出宣传队。他们的脸涂成了猴屁股，在戏台坎儿底下蹲成一排。李来昆东瞧瞧西看看，不停摸帽檐儿，像个烦躁的猴王。他父亲也来了，在人群里转悠，见人就笑。

"郭建光是我儿子！"

他捌一口酒，转向另一人。

"我儿子是刁德一!"

人们都躲他。老王八蛋醉了。不过戏一开演,人们发现老王八蛋没醉,还真是那么回事。山梆子唱得不行,所有角色都跑调儿,阿庆嫂唱到高处发出公鸡打鸣一样的声音,引来经久不息的喝彩。演得不错,很不错,高潮一个接一个出现了。刁德一掏烟,掏了半天掏出来一个鸡蛋。胡司令连忙把烟袋锅递给他。他抽了几口说道,味儿不赖,是三块板吧?三块板是清水铺一带流行的旱烟品种,家家都种着。人们正笑着,胡司令把鸡蛋一磕,一仰脖喝下去了。好戏还没完。刁小三朝天放枪,怎么也抠不响,刁德一凑过去连摇带蹾,轰一下就响了。这支老套筒是从槐树堡借的,真枪。枪砂枪药也是真的。只见火光一闪,从革委会委员们的脑瓜顶上掠过,打在秫秸堆上,溅起一大片火花。李来昆张着大嘴,脸色陡变。谁也没有看出走火。人们吃了一惊之后，为李来昆的大胆设计欢呼，为他装傻充愣的滑稽样子开怀大笑。他拍一下脑门，开始演郭建光。真正的高潮逼近了。

在沙家浜最后一幕，郭建光登上墙头，指挥战士们翻腾而过。墙头不是墙头，是横在戏台右边的一条扁担。战士一一迈过去，郭指导员便心事重重地退到戏台左边，朝斜对面的扁担运气嘬牙花子。他想干什么？他连真枪都敢放，还有什么不敢干的？扁担上是不是拴了爆竹？再不然是屁股上拴了爆竹？人们等着李来昆亮出绝活儿。他助跑，头朝下，过去了，又过去了！两个侧手翻，翻得很窝囊，像踮着腿的大猩猩。人们有些失望，但还是笑了，给他鼓掌。他们没想到他会不停地翻起来，从右边翻到左边，从左边翻到右边，像深更半夜独自练习一样。人们正准备笑着离去，李来昆突然改变了方向，从戏台上头朝下折下来了。众人齐声喝彩。他躺在地上装死，仿佛对蓄谋已久的怪招儿暗自得意。副主任嘎嘎嘎大笑，快上不来气了。

"狗日的！绝了！绝了！"

他跑到李来昆身边，揪着后脖领往起拎他，拎不动。演员们围上来，他还不动。有人说得了得了，别装蒜了。他还是不动。副主任发出一声怪叫。

"来人哪！去卫生院！"

有人把这声怪叫也当成喜剧的一部分了。他们对李来昆的才能有一种敬畏，面对他尸体一样的身子，仍旧不敢相信他是摔昏了。一进卫生院他就会睁开一只眼，拿大家取乐儿。不信就等着吧！李来昆不到卫生院就醒了。

"我的口琴呢？"

人们把口琴递过去。

他颤巍巍地吹了一下。

"……蒜!"

说完又昏迷了。人们站在街上,像拎麻袋的四个角一样拎着他,不明白他是什么意思。算?什么算?算什么?算账?跟谁算账?算什么账?算了?什么算了?死了算了?!完了。李来昆说胡话了。看来不是装的,是真的实实在在地摔坏了!这时候,李来昆的父亲远远地走过来,笑着,很谦卑的样子。

"郭建光死了吗?"

老王八蛋真的醉了。

是的,这样的人怎么会死呢?

宣传队很长命,一直活到1975年。它每年春耕咽气,秋后复活,跟冬眠的蛇一样,只是季节正好相反。直到最后它的节目都是低劣的,一种滚瓜烂熟的低劣。它体现了李来昆的个性色彩,也让他为此付出代价。他有两次险些丧命。一次是在千军峪。他演小话剧中的坏分子,看不惯大好形势,还调戏妇女队长,结果挨了一通扁担。剧情很逗乐,在别处演笑声不绝,千军峪的人却一个个绷起了面孔。李来昆以为不够卖力,就格外夸张,还是没有人笑。轮到妇女队长抄起扁担揍他,从台底下蹿上来两个后生,抢过扁担真的揍起他来了。

"别打别打!老子演戏哩!"

"让你演!让你演!"

"都是瞎编的!"

"让你编!!"

李来昆开始还躲,后来就不躲了。他抱严脑袋,撅着屁股,扎在墙角一动不动。扁担飞上飞下，像打着一捆柴禾，浑身的骨头咔咔乱响。冷漠的观众这时候才笑起来。队员们却抽搭了。李来昆一边挨揍一边琢磨，这到底是怎么回事？坏分子真那么可恶吗？自己的表演真那么逼真吗？他有些糊涂了。千军峪是个偏远的小村，平时连电影都看不上。他用小节目给他们带来温暖，这些傻瓜蛋却用扁担回报他，实在是没有良心。两个后生打乏了，揪着他走了两丈多远，让他给一个瘦瘦的脏兮兮的中年汉子下跪。李来昆一下全明白了。

"给我们书记磕头！"

李来昆不想磕头，只想笑。书记不停眨眼，紧三下，慢三下，闭着眼长长地又一下，鼻子和嘴都跟着挤歪了。剧中的坏分子几乎一模一样，也是这个毛病。李来昆忍不住了，笑着说见鬼啦！书记说见你娘的小脚儿！

"你敢学我!"

"不是学你的,我亲叔也挤眼。"

"你没安着好心!"

"挤眼怕啥,你又不是坏分子。"

"狗日的毁我!"

"真冲着你,我就不挤眼了。"

"你小子出我的洋相!"

"我找死吗?书记你得醒醒!"

"你攥我心窝子!"

"笑话,你也调戏妇女队长了?"

话音刚落,扁担飞临脑门儿,像老鹰张开了翅膀。他哎哟一声就不知事了。日后他也觉得活该。他多嘴多舌,自作聪明,唯独没想到书记和妇女队长确实有些不伶不俐的酸事。他的节目简直是匕首,是投枪,是手榴弹。人家用扁担对付他真是太客气了。他修改了这个节目,把挤眼睛换成了结巴颏子。不过在田家台又差点儿出问题。多亏那村的大队长很热情，早早地跑到村口接他们。

"热烈欢迎槐槐……槐树堡宣宣宣……"

李来昆毫不心疼地取消了那个节目。他们的演出安全了，很长时间没有惹麻烦。李来昆不想为演节目挨揍，但命里注定的事情是躲不掉的。在白庄子公社西河套大队，他不仅第二次挨揍，还第二次挨了扁担，整个人到了屁滚尿流的地步。演的是《沙家浜》，轻车熟路，按说不应该出问题。他们一个村子一个村子挨着往深山沟里演，演到哪儿吃到哪儿，演到最穷的西河套就没有什么好吃的了。村里为他们煮了一锅萝卜，还热心肠地添了半斤大油。戏演得不错，但戏台子周围一片屁味儿，风一刮后面的人都能闻到。这不算什么，演到半途，阿庆嫂正跟刁德一逗贫嘴，突然不吭声了。李来昆耸耸鼻子，小声问道，你拉裤兜子了？阿庆嫂点点头，一下子泪流满面。观众只见刁德一把阿庆嫂搀下去，不明白发生了什么事。西河套的赤脚医生会演阿庆嫂，刚换上场，胡传魁的脸就绿了，紧接着沙奶奶也崩溃了。李来昆宣布学员身患急症，演出到此结束。现场臭气熏天，一片喜气洋洋的混乱，充满了乡亲们惊讶、怜悯而又幸灾乐祸的笑声，这是宣传队最黑暗的日子。李来昆到大队部取药片，发现赤脚医生老拿眼睛翻他。她一只眼大一只眼小，毛茸茸的，睫毛有半寸来长，每翻一下都让他心头一热。她把黄连素倒在手心里，一颗一颗往他手心里捺，嘟着小嘴轻轻数着，一片、两片、三片、四片，捺得他浑身发痒。

"你们阿庆嫂唱得不好。六片，七片。"

"她脑子不好使，数到十就不会数了。"

"我唱得比她好。十一片,十二片。"

"你不用唱,你说话都比她唱的好听。"

"真的?十五。"

"哄你干啥?"

"十六。我唱几句你给挑挑毛病。"

"不用唱,你连话也不用说。"

"咋啦?"

"你睁着眼就行了。"

"你啥意思?"

"你的眼就是阿庆嫂。"

"我的眼咋啦?"

"你的眼会唱戏。"

"瞎说!"

"不瞎说。"

"就是瞎说!"

"不瞎说!"

"瞎说瞎说瞎说!"

她两眼一翻一翻一翻,他心里哎哟哎哟哎哟,就不行了。她不小心碰了他胳膊肘,药片像一窝跳蚤蹦起来,撒了一地。她蹲下身子捡药,美滋滋地笑个不停。他的表情跟心情一样痛苦,发现自己无论如何也蹲不下去了。这真是最黑暗的一个日子。李来昆惊慌失措地夹紧了两条腿,想夹住最后的尊严。赤脚医生一边捡药片一边继续拿眼翻他,翻着翻着目光开始凝固,大的那只眼变小了,小的那只眼更小了。李来昆暗自呻吟,这都是怎么一回事呀!

"你还能走不?"

"能走。"

"咋儿走?"

"不知道。"

"我给你找点儿纸吧?"

"不用。"

"我给你找个裤头吧?"

"不用。"

"就着暖壶的温水洗洗?"

"不用。"

"你想咋办哩?"

"先这么站着吧。"

赤脚医生回家了。大队部黑着灯,李来昆悄悄地拾掇自己。他的部下们也在拾掇自己。他们住在饲养场,用熬泔水的大锅烧了一锅开水,女队员排在男队员前边,哭哭啼啼的。赤脚医生又回来了。大队部还是黑着灯。她带了一条自己穿的花裤衩,摸着黑儿递给他,说把脏裤头给我,我帮你洗洗。脏裤头扔在地上找不着了。她笑着说算了,太臭了,我先走了。李来昆真舍不得让她走,又怕熏坏了她,就说走吧,别开灯。她没开灯，灯却亮了。门口堵着三个男人和两条扁担。三个男人脸是青的，一见李来昆的模样，脸就黑了。花裤衩不够大，紧裹着臭烘烘的瘦屁股。棉裤刚套上一条腿，另一条腿在旁边打哆嗦，白生生，瘦棱棱，像一条刚刚拔了毛的鸡腿。这条裸腿起了火上浇油的作用。

"狗日的辈到我们家门口来了！"

"大叔，别误会！"

"爹！你干啥呀？"

"不要脸的我让你浪！"

三个男人都跟赤脚医生有关系：爹、兄弟、未婚夫。爹兜头给了女儿一个大嘴巴，身后两条扁担立刻带着风声朝李来昆刮过去。赤脚医生一直哭叫着辩解，央求别打啦别打啦，他刚洗干净又脏啦！李来昆也想辩解，却无从谈起。他没想到穿的是花裤衩，灯一亮他就蒙了，颠三倒四怎么也说不清了。

那位兄弟很小心，只打腿肚子。未婚夫比较奇怪，不打脊梁，不打头，专打屁股。也可能不是打屁股，是打包在屁股上的让他怒火中烧的花裤衩。没什么新鲜的，打就打吧。李来昆心里发酸，觉得跟一股一股蹿稀比起来，挨扁担要体面得多了。

三个男人看出了问题的复杂性，停下来喘气。从场面到气味儿再到做派，不像是入港的样子，再往下打有些吃不准。不过他光着半个屁股，又贼眉鼠眼，多少带些准备入港的迹象，不打就解不了心头之恨。李来昆听到没动静了，爬起来穿棉裤。刚把腿套上又脱了，绕到桌子后面扒那条惹祸的花裤衩。他一只手举着它，给谁谁也不要，就把它扔到窗台上了。他自己的脏裤头泡在墙脚的洗脸盆里，像一块破抹布。他把它捞出来，拧干，用报纸包上，小心地夹在胳肢窝里。他看着他们，用眼睛问还有事吗？没事我就走了。赤脚医生的傻瓜爹叹口气说，那是人家大队干部洗脸用的！狗日的也不把脏水倒出去！李来昆就笑了。

"这是偏方，给他们沏茶用吧。"

说完觉着还不过瘾，不足以挽回面子，就压低了声音，只让当爹的一个人听到。他认为自己终于说清了事实真相，挑明了蒙受不白之冤的关键所在。他把臭嘴对准那个臭耳朵了。

"大叔，我没拉白稀。"

"啥？"

"我没往你闺女的肚子里蹿白稀！"

"你说啥？"

李来昆闭上臭嘴扭头走了。大队部太不像话了。正常人确实没法待了。稀里糊涂挨了一顿揍，不是跟扁担有缘分，就是碰上了疯子。他不恨他们。但是他心头充满了熊熊怒火。他恨的是萝卜，那锅掺了大油的大白萝卜！

第二天，村民们希望重演一场。大队方面一边挽留，一边又煮了一锅萝卜。宣传队一分钟也不想待了。街上站了许多人，不像送行，可能想看看他们拉稀到底拉成了什么样子。赤脚医生也在人群里，走走停停，没事儿一样吐着瓜子皮，两只眼还是一翻一翻一翻地朝着李来昆乱翻。李来昆想不通，趁她走近了便大着胆子试探了一下，在僻静的街角，他把右手搁在她屁股上，露出献媚的笑容。

"两只眼睛要是一般大就不好看了。"

"你的手干啥？！"

她的背挺直了，嘴唇也白了，声音像蚊子一样。原来是个纯洁的货色，不是水性杨花的女人。险些错怪了人家。她很柔软，但是手不能再搁着了，再搁着美丽的姑娘就要哭了。李来昆的手稍稍馋了一下，身后突然传来咚咚咚的脚步声。昨晚用扁担擂他屁股的男人换了一把镰刀，正龇牙咧嘴地朝他杀过来。李来昆二话不说，撒腿就跑，像一只轻盈的兔子。他冲出村口，跳过河汊，绕开灌木林，飞上盘山道，卷起一团尘烟狂奔而去。根本不像挨过扁担的人，更不像吃多了萝卜和大油的人。西河套的乡亲补看了一出好戏，追他的人一看就是个死心眼子，但是追了二里地也不打算追了。

"老子宰了你！"

说这些气话有什么用呢？李来昆越跑越潇洒，像一头奔腾的野驴。他的生命力根本不需要任何草料，随手一提闸门或一解笼头就可以了。他是老天爷故意放纵的一个人物。

是的，这样的人怎么会死呢？

二十三岁那年，李来昆在八角岭找了一个老婆。她不会唱戏，不爱说话，不爱笑，不爱哭，身材比较胖。人们都以为他看不上她，结果只见一面就相中了。她一只眼大一只眼小，眼睫毛像两把小刷子，喂鸡的时候也一翻一翻的，很深情的样子。李来昆哪儿受得了这个？姑娘随便一眨巴眼就把他摆平了。情人眼里出西施。李来昆的西施两只眼睛不能一样大，这不是凡人的趣味。婚后两口子很幸福。她不爱说话，不爱笑，但是爱听口琴，而且爱干活。她做饭、喂猪、洗衣裳、推碾子，手脚一刻也不闲着，他却蹲在一旁呜呜地吹口琴，不想吹都不行。他们的幸福让人莫名其妙。李来昆的样子总让人想起吹笛子舞蛇的人。

宣传队不久便解散了。没有太明显的原因。县里组织文艺骨干培训班，公社推荐了落马沟一个会拉二胡的家伙，没有推荐李来昆。大家都觉得不公平，他却没当回事。他觉得自己不用培训，他培训别人还差不多。他领着宣传队继续流窜，到处播种笑声。但是笑得越来越勉强了，不论他还是别人。因为父亲的缘故，他跟酒有仇，发誓永不喝酒。去火神营演出《红灯记》，他把誓言喝了进去。不到二两，看上去一点儿事也没有，一上台却忘了台词。他演鸠山，肚子上藏了装着糠皮的布口袋，胖得很不自然，老盯着戏台的木头桩子发傻。头两次发傻人们还笑，以为安排得很有趣，到第三次就觉得没意思了。连孩子们都不笑了。鸠山恼羞成怒地瞪着李玉和，一言不发。李玉和缩着脖子，很委屈，前边的乡亲听见他小声嘟囔，这能赖我吗？这能赖我吗！大家正琢磨这是怎么回事，鸠山一转身子，从一人多高的戏台上蹦了下来。他穿过人群，略微有些摇晃，仿佛轮到他戴镣赴刑场了。他径直走出村口,昂首阔步,踏上返回槐树堡的蜿蜒山道。戏装比过去进步多了。改缝的军衣和军帽。两寸宽的牛皮带。一米多长的指挥刀。黑色的高筒雨靴。白框的平光眼镜。猪尾巴毛做的胡须。一切细节都想证明,山沟里来了一个真正的日本鬼子,正孤独地走向末日。李来昆见过那个会拉二胡的家伙。那小子连把像样的胡琴都没有,自己用蛤蟆皮绷了一个,除了会拉《小白菜》《小寡妇上坟》,什么也不会。见了姑娘还脸红,说话吞吞吐吐,像含了鸟蛋,根本上不了台面。他是千里马,那小子是毛驴。驴是骨干,马不是骨干。他咽不下这口气。李来昆在河滩的沙地上剖腹自杀,把指挥刀拧成麻花儿。他自杀完毕,把纸糊的战刀扔到河里,把胡子揪下来扔到河里,把舍得扔的都扔到河里,就高高兴兴地回家了。宣传队就此完蛋。人不能长大，一长大心就变小，心一小臭皮囊就沉重得不行了。李来昆居然写了一张告示，贴在公社大门口，声称要为各村培训口琴骨干。没有人报名。大家都觉得李来昆变成了另外一个人。何必呢？往邻居菜缸里拉屎的人哪儿去了？在泥石流里吹口琴的人哪儿去了？一个跟头翻到台底下的人哪儿去了？摸了前边摸后边的人哪儿去了？人们惋惜，觉得他不该像大家一样庸俗，不该不接着胡作非为。他也把事情当成事情，大家就没有最后一丝乐趣了。

只有一个人报名。邻村来的，四十多岁，拖着半尺长的口涎，跟李来昆说话的时候，眼珠儿对着猪圈里的猪，说完了，眼珠儿又对着树上的柿子。

"吹口琴你管饭吗？"

李来昆没办法，管了一顿饭。斜着一双眼的

二百五还是不走,要吹吹李来昆的口琴。没给他口琴,给了他一根煮老玉米。吹了一通玉米棒,仍旧不肯挪窝儿,看样子要等着吃晚饭了。李来昆钻到厨房,举着一把菜刀回来,二百五嗖一下就窜到街上去了。他一边往村外跑,一边傻乎乎地摇着那张告示。

"还吹口琴哩!吹牛屄吧!"

口气一点儿也不傻。从此以后,李来昆彻底收拢了艺术的翅膀,他的全部演出就是摇头晃脑地给老婆一个人吹口琴了。老婆听不够,村里人却听烦了,不高兴了。呜呜的声音一响,街头巷尾便飘满了生动的讽刺,像美丽的歌词一样。

"听,又吹牛屄啦!"

"放着老婆不吹吹它。"

"嫌扒裤子费事呗。"

"钻了被窝再吹也不迟嘛!"

这是有才华的下场。幸福了让人难受，倒霉了，不光让人难受，还让人生气。横竖没吹他们的老婆和闺女，生什么气呢？真是没办法。县里又办培训班了。农校来公社招生，三个名额，果树嫁接，学期半年。大家争得血肉横飞。有关方面觉得对不住李来昆，这次拼命推荐他，惹恼了一个落选的竞争者。那人找到农校的人，说李来昆作风不好。人家问作风怎么不好，他一五一十说了，还念了几段顺口溜。可把农校的人乐坏了。

"这个同志……哈哈哈哈……本质还是蛮不错的嘛！工作还是很热情的嘛！……哈哈哈哈……很聪明的嘛！"

临走那天，李来昆在长途汽车站碰上了说坏话的人。那小子陪着怀孕的老婆遛弯儿，看见苗头不对想绕着走。李来昆拦上去，不看男的，只看女的，目光悲痛欲绝。

"我要走了,你多保重!"

夫妇俩给闹糊涂了。

"天塌了也要把孩子生下来!"

大肚子吓得直往后退。李来昆饶了她,用央求的目光看着她的丈夫。样板戏的熏陶全部迸发出来了,表演到了炉火纯青的地步。

"一定要原谅我,都怪我作风不好!"

李来昆带着哭腔儿跳上了长途车。汽车拐弯了,两口子还在街边面对面站着,隔了足有两米。那蠢货似懂非懂,脸色白中透青,用失神儿的目光盯着老婆的大肚子。李来昆长长地舒了口气,嗓子眼儿里青蛙一叫,接着就蛙声一片了。

培训班伙食很贵,李来昆带了一坛咸菜,放在铺底下,每天吃馒头喝粥。他喜欢果树嫁接。把一根树枝插在另一根树枝上,然后结出苹果或鸭梨,这种事让他忍不住想入非非。只要找到窍门儿,桑树可以长出黑枣,榆树能挂满山楂,野葡萄藤会结出真正的葡萄,又甜又大又紫。窍门儿在哪儿呢?暂时找不到,所以需要学习。他听课非常认真,脑子里却浮想联翩,觉得自己能做一些别人做不到的事情。关键是找到窍门儿。有人能在空中翻三个跟头,有人不能。他认为自己能翻五个跟头,只要有人教他。可惜时间不够用了。开班不到一个月,粉碎了"四人帮"。农校不上课了,天天游行,天天会餐。喝酒不掏钱,李来昆又一次开戒。农校在学生里挑了三男一女,简单化妆了一下,按王、张、江、姚的顺序走在游行队伍前面。一进县城,满街怒吼。张春桥拐入男厕所,死活不肯露面了。李来昆顶替了那人的位置。他脸太黑,看上去不太胜任。但是他借了一副眼镜,往头发上抹了两口唾沫,脖子稍稍一歪,就活灵活现地站在江青后边了。怒吼变成了咆哮，听起来像是最高级的喝彩。他被一枚臭鸡蛋击中，浑身上下都是口水，后脑勺上挂着一口淡绿色的黏痰。他凸着眼睛，用仇恨的目光瞪着看热闹的人群，完全进入了自己制造的境界。没有人出来保护他。三个同伴也惊讶于他的表演，与他保持着一定距离。他撇着嘴角，嘟嘟囔囔，仿佛在咒骂无知而愚蠢的大众。愤怒淹没了他。他成了真正的坏蛋，屁股上挨了两脚，半块砖头擦着耳朵飞过去。他露出了满意的笑容。江青却叫唤起来，像一只呻吟的小鸟。

"干啥？干啥？你们疯啦！"

江青是虎峪公社的人，口音很怪，在另一个班学习杂交育种。她脸很白，眼睫毛却不够长，李来昆平时没注意她。他有自己的原则。返回农校的路上，她用手绢擦掉他后脑勺的黏痰，找茬儿跟他说话。不论对江青，还是对张春桥，她的眼神儿都说不过去，有些过于温柔。她含情脉脉地看着李来昆，仿佛要向他布置一个政治阴谋。李来昆却想着自己的老婆，琢磨能跟老婆嫁接一下就好啦！

"你做事太认真了。"

"我老婆说我干啥也不认真。"

"你的眼神儿很像张春桥。"

"跟新闻简报学呗。"

"你看我这个人咋样？"

"江青不如你，她嘴大。"

"你的眼睛其实蛮好看哩！"

"我的眼是死鱼眼。"

"谁说的？！"

"我老婆告诉我的。"

江青就不吭声了。农校的领导班子在食堂门口迎接"四人帮"，连说辛苦啦，让大家受委屈啦，每人六块钱标准，随便点菜吧。李来昆要了一份红烧猪蹄，两份韭菜摊鸡蛋，灌了三两白酒。"四人帮"垮台改善了他的伙食，他不知道应该感谢谁。他舌头变粗了，身子轻飘飘地浮起来，眼前有两个江青在晃动，不一会儿又变成了三个。她也喝了酒，脸蛋红扑扑的，像一朵不停开放的牡丹花，越开脸盘子越大。她在桌子底下抓住了他的手。他用另一只手抓住了碗里的猪蹄子。他很痛苦，心想待会儿找个没人的地方跟她嫁接一下，也许不碍事吧？也许挺来劲的吧？她正等着他发话呢。舌头越来越粗，不知道该说什么了。

"猪蹄子太咸啦。"

她一听就把他的蹄子放开了。他错过了机会。他是一个不懂事的人，却是一个脱离了低级趣味的人。在她看来，他还是一个不太合适的人。她背过身子不理他，找姚文元说笑话去了。李来昆松了口气，对自己充满了敬佩。舌头越变越小，恢复了原来的模样。这就对了。只要舌头不长毛，他就忘不掉自己的老婆是谁。老婆一只眼大一只眼小，正蹲在槐树堡的门槛上盼他回家呢！他从心眼儿里想她了。

农校的三男一女在县城引起轰动。林业局开声讨会，借他们用了一次。畜牧局又来借，他们烦了，说什么也不去了。最后，县三小也来借，校长能说会道，胡搅蛮缠。他说别人不去算了，为了教育下一代，让张春桥跟我走一趟吧。同学们都等着看他呢，不去对不起孩子。李来昆说去就去吧，别扯那么远。一进三小的操场他就后悔了。学校的人用绳子挽了一个假套儿，把他活生生地吊在旗杆上了。他觉得很有意思，想哈哈大笑，却笑不出来。绳子穿过后脖领，绕过大腿，跟裤腰带拴在一起，坠得浑身难受。他一会儿装死，一会儿冷笑，有一搭无一搭地跟孩子们说话，突然明白了一个道理。这些当官的经常面带笑容，骨子里恐怕早就恨死老百姓了。一群见利忘义落井下石的东西！李来昆找到"四人帮"的真正感觉了。

"你是谁呀？"

"我是张春桥呀。"

"你家住哪儿呀？"

"我住在中南海。"

"你到底咋儿了？"

"我偷吃了别人的面条儿。"

"我拿笤帚打你一下行吗？"

"不行。"

"为啥不行？"

"谁敢打我我就掐死谁！"

他一龇牙就把孩子们吓跑了。他在太阳底下

吊了一个多小时，校长把他放下来，摇着他的手，祝贺演出圆满成功：谢谢你！你让孩子们直观地看到"四人帮"的下场，再一次感谢你！说完塞给他十块钱补助，扭头便走。

"不是说好二十块吗？"

"'四人帮'来齐了二十块！"

校长头都没回。李来昆出了校门，哪儿也没去，直接走进邮电局，把钱悉数寄给了老婆。他在汇款单上深情地写道，我胖多了，整天胡思乱想，你等着我吧。不太含蓄。读起来很像一句威胁。不知道老婆能不能看懂。他在街上走路，发现女人一个比一个丰满。这是一种很不健康的现象。他的目光得病一样下流起来了。他在校门口遇上了江青。她正在玩双杠，大大地张着两条腿，搭住两边的杠子，一副令人心碎的姿势。他不是一个纯粹的人。但他纯粹是一个一咬牙一跺脚一放屁就能彻底挺住的人。他目不斜视地从她身边走了过去。鬼才知道他在想什么。他的耳朵根子都憋红了。

终于到了结业的日子。会餐之后是欢送会，李来昆吹了口琴。在饭桌上灌大了脑袋，两只脚也踩不住地面了，却发挥得特别好，吹得天花乱坠。他攥着口琴来回猛锯，锯的好像是别人的嘴巴。他恨不得彻底把它锯开。吹了一首《翻身道情》，不让下台，又加了一首《打虎上山》。过门儿不好吹，眼看就捯不过气来了，观众呼啦一下朝门外拥去，仿佛突然受到惊吓一样。李来昆叼着口琴一动不动，心想这些土匪怎么了？又没扔手榴弹他们跑什么？他执意要吹完过门儿，却怎么也吹不过去，老噎在同一个地方。他很恼火。他舍不得咬口琴，咬了胳膊一下，挺疼，看来没醉，是水平下降了，嘴上的功夫不行了。他来到门外，发现教学楼四周聚满了人。江青站在楼顶的边缘，正做出展翅欲飞的样子。人群吵吵嚷嚷，来往穿梭，在楼底下扔了很多被子，像猛攻着一座堡垒。校长喊话喊累了，肥胖的大脸挂满汗珠，一只眼睛不住痉挛。李来昆愣了一会儿，自己的眼皮也跳起来了。

"哪班的？"

"杂交育种的。"

"咋儿了？"

"跟人杂交育种了。"

"谁干的？"

"教杂交育种的杂种。"

"那小子呢？"

"钻哪个旮旯配耗子去了。"

"让兽医班的骗了他！"

"费那事，他老婆就把他骗了。"

李来昆听着听着哧哧笑起来。人们并不紧张。他自己也不紧张,只是两腿发软,像踩着棉花。喝了足有四两,看来三两是个限度。教学楼只有三层,平时不高,现在特别高。她像站在云端的仙女。他吹了一遍过门儿,再一次卡住。有人骂他。他不管,接着往下吹,又有人骂他。吹到第三遍终于吹了过去。穿云海,跨雪原,后面就容易多了。他把口琴收起来,朝教学楼西墙的铁梯走去。这是登上楼顶的唯一通道。所有的人都失败了。每见有人爬到中间,她就让身子在楼边轻轻摇晃,做出再爬一格她就不客气的冷酷样子。在梯子上吊久了很危险,人们只好退回去。李来昆说闪开闪开,都往边儿上站站,看我的。他打着酒嗝儿,笨手笨脚,目光却很清醒。第一格就踩脱了,没有人在意。第三格又踩脱了,众人吓了一跳。等大家看明白这是一个喝醉了酒的人,他已经爬到铁梯中间，正惊心动魄地继续往上抓挠呢。准备跳楼的人也适时地摇晃起来了。楼底下一片混乱。校长大喊大叫，嗓音变得像一个谁也不认识的人。刚才还是老生，一下子就改成花旦了。

"抓住！抓住！别动！别动！下来！下来！我求你啦！下来吧！我代表校领导求你啦！李来昆！你听见没有？她跳下来你负责！你掉下来你自己负责！我概不负责！我已经仁至义尽了，你们凭什么折磨我？你们凭什么？下来吧！"

校长一只手捂着胸口，慢慢倒在地上。人们抬着他，像抬走了一只放完血的猪。校长可能发了心脏病，不管真的假的，人家暂时离开这个鬼地方了。李来昆发现自己的处境很复杂。他在发抖，小肚子都在抖。这种现象从来没有过。下是下不去了，应该上去。可是上得去吗？敢上去吗？她的眼神儿像做梦一样，一闭眼就能掉下来。被子肯定起不了作用，千言万语也起不了作用。她已经聋了。她什么也看不见了。如果救不了她，至少别把自己搭进去。李来昆突然哭起来了。刚开始抽抽搭搭，很快就失去控制，发出哞哞的老牛一样的声音。这是真正的男人的哭声。低沉、郁闷，而又伤感。终于引起了她的注意。

"等等我！"

这句话让她浑身一震。李来昆一边哭一边往上爬，下巴上净是鼻涕。她眼圈红了。她犹豫了一下，离开原来的地方，走到铁梯的顶部。不知道是准备迎接他，还是准备跳下来，砸在他的头上。他哭得惨极了。

"你不能一个人走！"

她蹲下来，哭了。

"要走我跟你一块儿走！"

她哭着向他伸出了一只手。他也哭着向她伸出了一只手。只差两格了，楼底下闹哄哄的。他听不见人们在叫什么。他只听见自己的哭声，真实而又生动。他恍惚看见人们在奔跑着转移被子，白花花的被子小山一样堆在他的下方。他们害怕了。为一对儿准备赴死的狗男女害怕了。李来昆发出了最后的吼声。他抓到了她的手腕。他的吼声在农校上空久久回荡。正如俗话所说，跟真的似的。

"让我们俩一块儿走吧！"

他一踏上楼顶就扑倒了她。动作尽量温柔，却把她按得一动不动。她一下子就明白了，张嘴咬他的耳朵，没咬着，又咬他的手指，也没咬着。他太狡猾了。她默默流泪，想一想觉得很可笑，就笑了，像疯子一样。李来昆没有笑。他一直很严肃，也很警惕。再说也哭累了。他只在自己编的一个小话剧中这样哭过。平时，他的哭是不出声儿的。他把脑袋探到楼边，轻蔑地看着那些目瞪口呆的人。

"我把她俘虏了！拿绳子来！"

他的手无意中碰了她微微隆起的肚子。他想幸亏跟自己没关系。不过一想跟自己没关系，又挺嫉妒。她在饭桌底下挠他的手心就像是昨天的事，想起来让人发热。

"为这种人不值。"

"男人都是骗子！"

"我得除外。"

"你是个大骗子！"

她说得一点儿不错。事情以喜剧收场。下楼的时候出了个小纰漏。李来昆借着酒劲儿，想试试那堆被子管用不管用，离得还挺高就往下跳，扭伤了右脚的脚脖子。校长满面红光地跑过来，心脏病不知飞到哪儿去了。

"去县医院！医药费找我报销！"

李来昆一瘸一拐地回到了槐树堡。他站在老婆面前，一只手拿着结业证书，一只手抱着咸菜坛子，脸上带着急迫的笑容。老婆说你让我等你干啥？他说我让你等着我收拾你！老婆拿长长的睫毛翻了他一下，就跑到屋里去了。他把她扳倒在炕上。嫁接？嫁接。他很从容，断断续续地讲了爬楼的事。她一直不吭气，挨到最后才叫起来。

"摔死你！摔死你！摔死你啦！"

"死不了！死不了！死不了呀！"

是的是的，这样的人怎么会死呢？

那时候，李来昆有两种前途。一种是到乡农技站，给几个没本事的人打杂儿，等着吃商品粮。轻闲，有薪水，但是受气，等到哪一天也说不定。

这个前途不好。另一种是承包槐树堡的果园，拾掇一百多棵苹果树，等着发财。苹果树散布在山上，最近的一棵跟最远的一棵隔着有五里地。品系也不好，小的不如鸡蛋，大的像个大鸡蛋。而且不红，在树上挂到立冬也不红，在缸里捂到立春还是不红。永远懒洋洋地绿着。祖宗们叫它愣头儿青不是没有道理的。它能传下来全在三个字——甜，甜，甜。李来昆算了一笔账。一棵树结三十斤，一斤卖一块钱，一年得个小数。一棵树结五十斤，一斤卖一块五，一年得个大数。如果一棵树结一百斤，一斤卖两块钱，一年得的票子家里就装不下了，就可以煮着吃了。账算得很糊涂，得失却很分明。怕什么呢？各种各样的可能性都有，不发财的可能性没有。他向老婆起誓，挣不到钱不是人，是树。她可以把他头朝下栽在猪圈里。她说我把你栽在炕上。多么险峻的事，两口子嘴揉着嘴就定了。前途美妙。但是美妙的前途在半道拐了弯儿。李来昆兴冲冲走到一个地方，到底是何种地方，连他自己也说不清了。槐树堡的人都说，他掉进了大粪坑。

第一年遇上了雹子。雹子不是特意为他下的，但是他特别生气。苹果树仅次于他的老婆。老婆可以躲在屋里。苹果树往哪儿躲呢？他的苹果只有鸡蛋那么大。雹子比他的苹果还大。他顶着洗脸盆站在山上，对老天爷产生了怀疑。多年不下雹子，他刚刚爱上苹果就下雹子，比棒打鸳鸯还要残酷。他接受不了。看见碧绿的苹果随着白花花的冰水往山下流淌，他的心就让雹子砸碎了。他把滚到脚边的苹果捡到脸盆里，脑袋又让雹子砸破了。他头破血流地走进家里，两眼发直，笑眯眯地啃着半个苹果，像在梦里一样。

"甜着哩，你吃不吃？"

从来不哭的老婆哇一声就哭了。

第二年遇上了虫灾。先是瘤蚜和黄蚜。随后是蚧壳虫、食心虫、卷叶虫。最后是红蜘蛛。虫子们好像搞清了这是谁的苹果。它们要联合起来吃掉他的苹果。它们不想让他发财。李来昆愤怒了。他卷入了一场怎么打也打不赢的战争。整整一夏天,他的后背没有离开过喷雾器。除了自己的精液,他把能喷的都喷出去了。他喷了石硫合剂、福美砷、敌百虫和敌敌畏,又喷了柴油乳、三氯乳、菊酯乳、螟松乳,乳乳乳乳!在一切都无效之后,他喷了自己的尿和家里人的尿。尿不够用。他拎着泔水桶敲响了邻家的院门。他的脸失魂落魄,一副走投无路的样子。虫子们在追击他。他的话不像人话,有一股虫子的味道。

"借尿用用。"

"啥?"

"有尿没有？"

"干啥？"

"杀红蜘蛛！"

"谁说的？"

"老巩说的。"

"他逗你哩！"

"试试再说。"

"没用。"

"少啰唆，拿尿来！"

"早起倒了。"

"现在尿，我等你。"

"真够呛！"

"你老婆要有也来一壶。"

"你没完啦？"

"急啥，我跟你借钱了吗！"

邻居关上大门。都尿完了，又把门打开。李

来昆挨家挨户敛下去。有尿的人嘻嘻哈哈，没尿的人也嘻嘻哈哈，都感到很有意思。李来昆不笑，皱着眉头，还一本正经地表示谢意。这就更有意思了。倒了霉的人总是很有意思的。说到底，那些苹果树上的虫子跟别人有什么关系呢！李来昆孤独地走在街上。他拎着尿桶，像一个挤牛奶的人，走近了又离开了一头头欢乐的大奶牛和小奶牛。他的喷雾器喷出了刺鼻的尿雾。但是虫子们更活跃了。它们有抗药性。它们还有抗尿性。槐树堡的百家尿是从天而降的饮品。聪明的李来昆没了办法。他早就不聪明了，甚至相当傻了。如果告诉他血能灭虫，他说不定回家就把猪杀掉，也说不定会把自己的血管直接插在喷雾器上。他凸着两只眼，脸色黑中带绿，似乎能干出任何不能干的事情。正如俗话所说，他绝望了。他抱着一大瓶乐果在街上走路，惊动了整个槐树堡。有人恐惧地笑着，拦住他，告诉他人比苹果重要，人比虫子更重要，事情要想开一些。他在想别的事，也可能没听懂，像看虫子一样看着人们。人们知道不好办了。

"虫子比人强，打不过它不丢脸！"

"去你妈的！"

他掉头而去。他很快就倒在一棵苹果树底下了。乐果的兑水率是2000倍，他兑了不到200倍。他想活剐了挨千刀的虫子们。虫子们还在动弹，他倒不动弹了。他先把自己熏晕了。乡亲们把他抬到街里，要热心地抢救他。他昏迷不醒，不像服毒，也不像没服毒。人们给他灌了酸菜汤。不管用，喝不够似的。又灌了一勺臭大粪。刚灌了一口就吐了，就睁眼了，紧接着不用扶就自己爬起来了。

"喂的啥？你们想咸死我呀！"

醒了也等于没醒。乐果的毒性太厉害了。人们把他抬到河里,用沙子搓他的皮肤,把汗毛孔里的农药滤出来。那些数不清的疤瘌又黑又肿,像爬满了四脚蛇。他一直在吐,吐出来的东西绿莹莹的,像菠菜汁儿一样。半夜醒来,发现沉甸甸的脑袋搁在老婆的怀里。老婆摸着他的头,很伤心,像摸着一个舍不得吃又不得不吃的瘪西瓜。

"虫子死了吗?"

"死了。"

"都死了?"

"都死了。"

"真死了?"

"真死了。连落在树上的黄鹂鸟都死了!"

老婆的泪水打湿了他的脑门儿。胜利过于凶猛,不会不走向反面。他也要哭了。

第三年没有灾。适逢大年,苹果眼睁睁就压

弯了苹果树，要给倒霉的人一个补偿。只要再挪半步就能发财了。李来昆一挪却挪进了公安局。老天爷确实饶了他，但是有人不肯饶他。他们偷他的苹果。他们天天偷他的苹果，从他的心上剜肉吃。他气坏了。他怕虫子，不怕人。都是两条腿的东西，你吃我，我还吃你呢！他借了一杆铁砂枪，四处放风，不要命的快来吃我的苹果吧！谁也没唬住。苹果照旧不翼而飞。他真的气坏了。他把临产的老婆送回娘家，在山上搭了个窝棚。他不停巡逻，绕着苹果树走来走去，像一个苦练梅花桩的人。他的眼睛出了毛病，经常在没人的地方看见人影儿，羊倌走到眼前却视而不见。他的耳朵也出了毛病，天一黑就听到满山叽叽喳喳，似乎爬满了小声说话大声嚼苹果的人。

"出来！我看见你了！出来！"

山上不时响起他瘆人的叫声。没用。苹果还

在飞走，而且飞得更快了。他的脸色越来越难看，好像有一百个人扇过他一样。他明白了一件事，虫子固然可怕，两条腿的虫子更可怕。他打不赢他们了。他继续拧紧闹钟，每天夜里爬起来三次，像野猫一样在草丛里散步。他喝石头缝里的泉水，啃硬邦邦的干粮，像含水果糖一样老是含着一块咸菜。他一天比一天瘦下去。他营养不良，体力不支，连愤怒的力气都没有了。最初想吃人的狼一样的目光，变成了想喝奶的婴儿一样的目光。没有人给他奶吃，只有人偷他的苹果。他们把他的心偷走了。他两只眼都长了针眼，红红地肿着，像永远噙着泪一样。刚好一些，又长了口疮，连咸菜疙瘩也含不住了。不久，一只耳朵开始流脓。他鼻子不通气，嗓子眼儿冒火，脚趾缝儿痒得钻心，拉不出屎来，尿的颜色发红，脑子里嗡嗡地关着蜜蜂。不行了。他要为他的苹果献出宝贵的生命了。一个声音躲在肚子里呻吟,苹果不是娘儿们,偷起来咋就这么大的瘾呐!他很寂寞。他向艺术求援。他躺在窝棚里呜呜地吹起了口琴。他吹《大刀进行曲》,觉得大刀砍在自己的脑袋上。他吹《游击队之歌》,觉得自己处于游击队的包围之中。游击队正在偷袭他的苹果!苹果是娘儿们,他是看不住娘儿们的乌龟。他吹不下去了。窝棚外面是漫漫长夜,窝棚里面是翻飞的蚊子,地铺上出没着成群的蚂蚁。它们咬他的皮。它们还嘬他的血。他的血灌满了一大群蚊子的肚子。他实在受不了了,他要放一枪出出这口鸟气了!

李来昆窜出窝棚,在果园里蹦蹦跳跳,满口污言秽语。他没有目标,整个黑夜就是他的目标。他抬手给了它一枪。黑夜发出一声尖叫便混乱了。在河里一摸摸到一条鱼,不是鱼太多,就是赶巧了。他睁着眼捉不到人,闭着眼放枪,竟然击中了一个女贼的屁股！不是赶巧了又是什么呢？黑夜是大海，多肥的屁股也是小鱼儿，一伸手就摸到了，不是鱼太多又是什么呢？女贼五十岁，柳庄人，领着两个儿子两个儿媳妇，一个女儿和一个未婚女婿。枪响之后，他们撒腿就跑，像一群乌合之众。老太太捂着屁股一叫唤，他们又回来了。他们包围了李来昆。他们每人都扛着半麻袋苹果，像扛着真理，一点儿也不感到羞耻。他们问他为什么开枪？为什么朝伟大的母亲开枪？为什么朝伟大的母亲的屁股上开枪？不就是吃了你几个苹果嘛，又没啃你的蛋！李来昆遇上了真正的游击队，双枪老太婆的游击队。老太婆一只手捂着屁股，一只手指着李来昆，半天不说话，好像在瞄准，准备就地枪毙他似的。

"你个氓流儿！"

"我不是故意的。"

"碎成八瓣儿了!"

"让我看看?"

"别看,赔吧!"

"你让我看看!"

"你个大氓流儿!"

"不看就不看。大娘,你的屁股不在炕头儿贴着,撅到果园来干啥?我又没请你。你说打着屁股了,我还说打着我屁股了呢!"

"狗日的,老娘脱给你看!"

儿女们费了九牛二虎之力,没让她把裤子脱下来。他们朝李来昆大喊大叫,要吃了他。他看出她的屁股在流血。他的心也在流血。他明白这一年又白干了,发不了财了。

"拿钱来!"

"没钱。"

"拿钱给我娘治伤!"

"要钱没有,要屁股有一个。"

"没钱也得拿钱!"

"你们给我一枪算了。打上边打下边,你们看着办吧!"

"我们告你去!"

这一枪把他送进了公安局,把贼请进了县医院。医生从血肉模糊的屁股上取出了十八粒铁砂,声称幸亏脂肪极其丰满,否则就伤及血管、骨头或神经了。槐树堡的人讲笑话,女人的屁股上原先有两个眼儿,让李来昆给了一枪,变成了二十个眼儿,她男人看样子闲不住啦!李来昆蹲了五个月拘役。消息源源不断。他由一个愤怒的人变成了一个沉默的人。筛子屁股的儿女们讨不足医药费,席卷了半个苹果园。老婆不幸早产。儿子不到四斤,据说很像一只粉红的嫩耗子。承包到期,果园易主,他的厄运告一段落。美丽的梦想苦苦挣扎了一通，终于被人七手八脚地埋葬了。李来昆到腊月才返回槐树堡。他踩着吱吱作响的积雪走近家门口，听到了儿子嘹亮的哭声。不像人，不像猫，像一种叫不出名目的鸟。真是太好听啦！他在墙根儿底下解了个手，不想动，站着听了半天。老婆来到台阶上，一眼看见了他。她脸蛋子红红的，像个熟石榴。睫毛更黑更长了，遮着两只眼，像雏鸽儿耷拉着翅膀。不爱哭的老婆比哪个娘儿们都爱哭了。她跳过来捶他的肩膀头，拍他的心口窝，杵他的小肚子，抓他的下巴颏儿，拧他的手指头，揪他的头发根儿！真是泪飞如雨。倒了血霉的李来昆一时糊涂起来，窃以为自己是天底下最有福气的人了。

"你咋儿不死呀？"

"我不敢回家。"

"你咋儿不死呀？"

"听说你养了只老鼠?"

"你咋儿不死在外头呀?"

"我嫌吓得慌。"

"你你你咋儿不死在外头呀?"

"我我我想死我我我死不了呀!"

是的是的,这样的人怎么会死呢?

李来昆深沉了。他蹲在台阶上抽烟,深沉地看着脚前的蚂蚁。他深沉地走出供销社,拎着半瓶酒或半瓶醋,轻手轻脚地走回家去。他在街里贴着墙根溜达,深沉地看鸡,看猪,看鸭子,看人。他若有所思,让人感到陌生。槐树堡的人说,他做梦呢,在梦里天天忙着捡钱包呢!还有一个说法,认为乐果渗进了他的脑瓜仁儿,毒素出不来了。他的口琴也深沉了。他缓慢地吹着,从一个曲子不经意地滑到另一个曲子,经常戛然而止。

他确实在梦想，做着某一天会突然发财的梦想。这些庸俗的念头符合时代潮流，与他的家境也有关。姐姐们已经远嫁，弟弟们也另立门户，他们给长子遗下了两个白痴。一个酒精中毒的父亲，一个大脑炎后遗症的小弟。李来昆有过力拔山兮气盖世的念头，以为这一老一小不在话下。苹果的发财梦破碎之后，他发现自己成了家里的第三个白痴，除了做梦就想不出该干什么了。父亲越老越没出息，喝酒不醉，不喝酒便不省人事。李来昆每天塞给他一瓶水，里面的酒不到十分之一，后来不到二十分之一，最后一滴酒也不搁了。老白痴照醉不误。他咕咚咕咚地灌着白开水，在街里来回晃悠，逮着谁骂谁，骂累了就在墙根儿睡觉，仿佛不胜酒力似的。他很丢人，但是比较省钱。小弟已经长大了。小弟会吃饭，会睡觉，会穿衣服，不会说话，也听不懂话。他还会靠在柿子树上，搓自己的家伙，搓得又红又硬，像一根胡萝卜。李来昆揍了几次，他还搓，躲在猪圈后面搓得不亦乐乎。往死里揍了一次，打断了一根镐把，不搓了，见了李来昆浑身发抖，抖得半天停不下来。小弟比父亲费钱。他一顿饭能吃掉六个馒头，两个熬南瓜，外带半锅玉米粥。李来昆一看他吃饭就有气，一有气就想揍他。不等揍他，他就吓死了，筷子也拿不住了。李来昆就可怜他，连忙把凸眼睛瞪到别处去。他瞪着饭碗，瞪着房梁，瞪着窗户，瞪着窗户外面的远山，又梦到美丽富饶的地方去了。发财不容易，但是不能不发财。儿子会走路了。老婆也老了。老婆连一件像样的衣服都没有，不发财怎么行呢？别人的老婆都用香波洗脸，自己的老婆用肥皂洗脸，怎么能不老呢？这么俊的老婆真是太亏了，不发财无论如何也说不过去了。可是，钱在哪里？在猪食槽底下？在耗子夹后边？在喜鹊窝上？反正不在夜壶里。李来昆晕了，眼前一片渺茫。

他擦干了身上的血迹，停止做梦，又继续前进了。他养过长毛兔。喂了小半年，毛儿越来越短，发现品种弄错了，是肉兔。他喂过蝎子。在山墙旁盖了漂亮的蝎子洞。儿子把胳膊伸进去，想掏鸟蛋，蜇得小手跟熊掌一样。他就不喂蝎子，改喂土鳖了。土鳖不咬人，可是土鳖喜欢逃跑，喜欢悄悄越狱。终于有一天，纸糊的顶棚隆隆作响，一大队人马走了过去。他的土鳖竟然一个也不剩了。他跌倒了爬起来，再跌倒再爬起来，又他娘跌倒了，他爬着就有点儿费劲了，有点儿懒得爬的意思了。这时候传来了好消息。乡里的兽医站分家，兽医站兼管的配种站也分家。种马正在招标，等待承包的伯乐。种马远近闻名，配一次种八十块钱，配中了再给八十块钱。钱在哪里？钱在种马的小肚子里！李来昆爬起来奔向配种站，心想我就是伯乐。我是缺钱花的伯乐！种马让青白店的人标走了。伯乐不甘心，一时心血来潮，牵了一头没人要的种驴。种驴一进家门就吭吭地叫起来，吓得儿子大哭，母鸡飞上了墙头，像鸽子一样排成了一排。它们齐刷刷地看着这个野蛮的畜牲。老婆的眼神儿跟母鸡差不多，惊慌，沮丧，困惑，不高兴，还有点儿伤感。她说替配种站喂着它，一年得搭咱多少粮食啊！他说驴日的还能给咱挣钱呢！配母驴三十块，配母马五十块。它要配起来没个够，配一个中一个，咱家的钱还花得完吗？！她说我不听你嚼舌头了，你又做白日梦了。他不让她走。他把她拽回来，揽住她的腰肢，想逗逗她，也给自己鼓鼓士气。

"它比马强。"

"说的吧！"

"它的家伙比马的还长半截哩!"

"看不出来。"

"揉出来给你看看?"

"不看不看!"

"看看咱的摇钱树吧!"

"不看!"

"出来了出来了!"

"就不看!"

"咦,咋又回去了?"

"真有本事,配种站还不自己留着!"

"真缩回去了!"

"让它美!"

"别是个痿子吧?"

"让你美!"

李来昆的目光黯淡了。怪不得没人要它。怪不得不要抵押金,只收提成费。原来不是棍子是绳子，是个银样镴枪头儿！他想起全部倒霉事，感到又一次在劫难逃了。老婆见他变了脸色，连忙拍他的嘴，让他醒醒。她说痿子就痿子吧，咱使它干别的，给儿子骑着玩儿，我回娘家也不用走路了。他的脸色还是不好。老婆就忽闪着两只眼，悄悄捏住了他。

"愁啥？你不痿就行了！"

老婆真是好老婆。李来昆宽慰了。种驴的长脸似曾相识。他为它取名尼克松。不久，在文化站的电视里看到一张脸，撅着下巴，口若悬河，吭吭的样子更加传神儿。李来昆就给尼克松改名里根了。第一次出击是在西河口。那匹小母马摇着屁股转了三圈，尾巴撅到天上，白汤儿都下来了。里根却没有情绪。李来昆急得满头大汗，揉它拍它踹它，就差爬上去替它干了。母马的主人讥笑着说，是头骟驴吧？李来昆说你才是骟的呢，你的骚马太丑了!

"我们里根干就干漂亮的。"

"它真精,跟你学的吧?"

"没错!让它赏脸得把嫂子牵来。"

"得了得了,牵个大面驴你倒有理了!"

"你没有面的时候?每天让你配两次你面不面?让人拿采精筒每天抽你几股儿你面不面?在配种站吃苦受累,我们里根容易吗?!我们里根是劳模,你敢说它面,大哥哎,我咒你今天晚上就面!"

"甭你咒,我面了八年了。"

"我看也是骗过了吧!"

李来昆嘻嘻哈哈地离开了西河口,内心却十分不悦。里根太丢人。瞎耽误工夫,又没有挣到钱,而且不知道以后会不会挣到钱。他越想越沮丧,每走十几步脚就发痒,脚一发痒就跳起来踹里根的屁股，非常过瘾。里根太蠢了。两条前腿支起来，耸它几下子，事情就完了。多么简单！两条腿落下来就可以数钱了。又多么划算！况且它一向是干这个的。它连本职工作都做不好，不踹它踹谁呢？李来昆踹了里根一路，走进槐树堡的时候六个蹄子都跟跄了。它没脸见人，一进家门儿就把头扎在鸡窝后面了。李来昆躺在炕上吭吭唧唧，吃饭了也不肯动。老婆看看驴，看看他，又看看驴，觉得他的脸比驴屁股还难看。

"里根咋儿了？"

"你问它去！"

"来昆，我给里根买了十斤黑豆面。"

李来昆险些哭出来。老婆真是好老婆。有这样的好老婆，驴差一点儿就差一点儿了。他给里根订了一些新规矩。不吃干草，吃嫩草。不舔粗盐，舔精盐。不喝冷水，喝晒过的水。而且不让它看见异性，母牛母猪都不让看。老婆除外，母鸡也只能除外。他要憋它，把它憋到大动干戈为止。治疗蠢驴的阳痿还有什么别的好办法呢？没有了。不在沉默中勃发，便在沉默中软化。它得憋着。在沉默中憋着。人可以吃驴鞭。轮到毛驴自己就没有什么可吃的了，而且吃什么也不管用了。

第二次出击是春天，在远村百丈坨，配一头两岁的小草驴。主人是寡妇。李来昆以为是老寡妇，一见面发现是个小寡妇。草驴不漂亮，很矮小，脊背贴不到里根的肚子，角度会出问题。小寡妇也不漂亮，翘鼻子，厚嘴唇，睫毛短短的，跟没有差不多。但是，她的腿肚子很好看。李来昆一眼就发现她的腿肚子很好看，像两根藕，比藕粗，是两根少见的大白藕。她一直不说话，笑着。李来昆说大姐，你的新娘子不够岁数吧？她还是不说话，笑着，笑得越来越妖媚，有点儿不太聪明。她牵着驴，他也牵着驴，两个公的对着两个母的，简单的事情复杂了，而且越来越怪异了。李来昆说给口水喝喝？寡妇的两只手飞快地比画起来。李来昆长长地呼了一口气，又盯住她的腿肚子。白，真白，而且嫩，还有光泽，有肉弯儿，有豆子大的痣，诱得人眼疼，心里又酸又辣。他知道自己出问题了。

寡妇是哑巴。他不奇怪。他只奇怪她的腿肚子，怎么就鬼一样牢牢地抓住了他！人发不了财，连眼光也变了。不重视眼睛，不重视眼睫毛，光重视小腿骨上包着的两块肉了。老婆的腿上也有两块肉。他动过心吗？没有。确实出了问题。从事色情的配种工作，人早晚会与下流的畜牲们同流合污了。太危险了。但是，腿肚子多么好。肉滚滚的多么好。他早就怦然心动啦！

他明白了寡妇的意思。她在娘家看过《沙家浜》。她没想到又一次见到郭指导员，见到他牵着一头大叫驴。她和草驴深感荣幸。她不知如何是好。她太激动了。她要晕过去了。李来昆不懂她的手势，却认定就是这些意思。寡妇做出吹口琴的样子，伸出大拇哥。他伸出小拇哥，一边摇头一边走到水桶旁边，蹲下来喝水，喝完了用水浇头。寡妇走过来帮忙，雪白的腿肚子离他不到两尺。他想我太对不住老婆了，我要在别人的腿肚子上摸一摸了！

他没有摸。他说咱们工作吧。寡妇不想工作，想叙旧。她好像特别崇拜他。她的手势令人眼花缭乱，好像撕着一只看不见的小动物，一会儿掏心，一会儿挖肠子。李来昆也想动动手了。怎么才能让她明白呢？他拍拍里根，拍拍草驴，又啪的一声拍拍手。她也拍拍里根，拍拍草驴，却做了个吹口琴的动作。什么意思？想让他为配种伴奏吗？李来昆把左手的两个手指弯成环，让右手的食指坦率地穿进去。寡妇立刻明白了，牵着草驴走起来。李来昆重复了刚才的手势，右手的食指稍稍偏了一下，从左手的手背擦过去。她又是马上就明白了，指了指吃饭的小矮桌，想让草驴站上去？还是她自己要躺上去？李来昆火辣辣地想着，做了个坍塌的样子。她就咕咕地笑了。她领他上了山道。她在前面，他在后面，牵着各自的驴，慢慢地往山上走。坡度弥补了身材的差距，小草驴却无精打采。里根更是心不在焉，走走停停，啃树上的叶子和路边的嫩草。寡妇朝草驴打手势，朝里根打手势，对不肯交配表示不满，脸上却挂着欣喜的笑容。这是配种吗？这是给毛驴配种吗？李来昆看着两条白嫩的腿肚子，越想越觉得他是入了梦了。他们踏上了山顶。里根和草驴分头吃草,谁也不理谁。寡妇却异常兴奋,指着远山的一个方向,手势复杂而零乱。李来昆自以为明白了她的每一个意思。她很爱他。她看他唱戏的时候就爱上他了。她没有男人。他就是她的男人。她愿意跟他睡觉。跟他睡觉是她的光荣。他如果愿意跟她睡觉,必须抓紧时间。不睡觉也没有关系,他可以随便摸她的腿肚子。她的腿肚子是专门为他准备的。他把它们砍下来带走也不要紧。他应该相信她。他如果不相信她,她愿意为他解开自己的裤腰带。她现在就解。他同意吗?寡妇坐在一块平坦的岩石上,一手撩着衣襟一手指着红色的布腰带,表情有点儿沮丧。李来昆不急于表达感情,他用隐秘的目光观察美丽的腿肚子,琢磨下一步应该怎么办。是吊儿郎当,像里根一样?还是扑过去,或者爬过去?春风拂面,到处都是青草的气味儿和小鸟的叫声。蝴蝶在交配。麻雀在交配。大大小小的昆虫都在吱吱地交配。他为什么不能……交配呢？天上的地下的，想交配都能交配，而且随便交配。他凭什么只能跟自己的老婆……交配呢？老婆固然是好老婆，这腿肚子不也是很好的腿肚子吗！李来昆恍然明白自己应该干什么了。寡妇的手摆了个奇怪的十字形。她想横着？让他竖着？可以。没有什么不可以。都横着也行。都竖着也行。只要快活，头朝下又有什么不可以呢！寡妇着急了。寡妇拽了拽他的裤腰带。热血轰一下冲上了脑门。他不用代劳。他要自己来。

只要解开裤腰带就不会感到羞耻了。人发不了财，不光眼光有变化，连脸也不要了。不要就不要了！脸有什么用？这种时候脸还不如屁股有用呢！李来昆云里雾里梦里，真的把裤腰带解开了。他看见了寡妇惊恐的目光。里根不合时宜地吭吭地叫起来。寡妇指着他的小肚子，露出了让人无法理解的笑容。他突然明白自己大错特错了。寡妇牵着草驴匆匆离去，高兴得手舞足蹈。他再也不敢妄断她的手势，只能揪着裤腰一动不动。她怕人看见？怕怀孕？她来月经了？她勾引他？然后耍他？这个婊子怎么说走就走啦？！

"我日你个腿肚子！"

他知道哑巴听不见，骂了足有一百句下流话。大部分下流话都转移了对象，是恶狠狠地骂着自己了。骂着骂着他盯住了远山，寡妇指点过的方向豁然冒出一件往事，爆炸一样轰倒了他。他裤子都不要系就想从山顶的崖头跳下去了。

她的娘家一定是囫囵坨。他为郭建光借过一条武装带，演完了没有还，走到坨口才想起这件事，还回去已是小半夜了。送他出来的时候，主人的一个女儿掉了眼泪。她站在台阶上，偷偷拽着他的袖子，一直没说话。他并不希望她说话，喜欢他的丑丫头已经太多太多了。现在想来，不是她又是谁呢？她怎么可能说话呢！她要保护她在他心目中的形象。她还长时间保护着他在她心目中的形象。一定是高大而完美的吧？现在，这个形象终于被一个脱裤子的流氓代替了。他简直不想活了！从这个悲惨的角度，他已经明白了她的全部手势。他为自己难过，为自己的老婆难过。他要给自己留一个改邪归正的机会。他没有从崖头上跳下去。他骑着里根回家了。

他为丑闻害怕。不知道有多少人能看懂她的手势，都像他一样看两岔儿就好了。他想出一个又一个理由，解释为什么松开裤腰带。蛔虫闹肚？虱子夯毛？蚂蚁咬蛋？老鼠钻裆？他想到更凶狠的爬虫，不敢往下想了。背叛老婆不是一件便宜事，迟早会遭到报应。寡妇的腿肚子是第一轮报应，它们像一对儿大棒槌，已经狠狠地捶醒了他。他骑在里根的背上，比过去干净多了，乖多了。

里根的欲火却在燃烧。李来昆修补着道德的破绽，做梦也没想到，蠢驴的道德在眨眼之间就崩溃了。里根跳下坨弯儿的公路，把他掀翻在河滩的沙地上。它扑向了一匹悠然吃草的母马。他不仅不生气，还为它欢呼。生锈的大刀终于出鞘啦？马倌连声尖叫，像死了亲娘一样。

"掉驹了！掉驹了！"

李来昆也追了上去。但是一切都来不及了，一道黑光已经淹没在孕马的肚腹之中。他揪着笼头把它拽下来。它奋力挣脱，又一次跨上去。李来昆大叫捅流了你替我赔钱呐！在强迫分离之后，里根六亲不认了。它把后腿的一只蹄子蹬在李来昆的腮帮上，就像用蒜臼子捣碎了几颗蒜，啪喳一声，他就捂着掉出来的牙齿躺平了。他想这是报应，当即不省人事。

奸污代价惨重。李来昆赔了一百五十块钱，葬送了六颗牙齿，还得了重度脑震荡。他蜷在炕上说胡话，马主人堵着炕头要钱，窘况僵持了半个月。恰逢大弟给父亲送赡养费，顺便替他付了赔款，把准备镶牙的钱也垫上了。大弟不客气，说哥呀，你完了，怎么越活越没劲了！又说嫂子你别伤心，踢坏了不要紧，三个傻子我都养着，你替我喂他们就行了。李来昆没说话，冲着大弟的脑袋扔了个玻璃杯，却击中了老婆的后腰。大弟说你看你看，我哥跟我爹没两样儿了！

大弟在田家台包了口煤窑，一夜之间成了富人。二弟去石灰场拉白灰，从牙缝里攒出一台手扶，离翻身的日子已经不远了。到处都是神话。到处都是走了运的人和乐得合不上嘴的人。远近闻名的李来昆却狗屁不是了。老天爷禁止他找到发财的门径,只允许他牵着一头公驴在山坡上遛弯儿,还允许他有事没事都叼着一把口琴,吹别人听得懂和听不懂的各种曲子。他喜欢歌颂爱情,爱情使他忘掉人民币和有关的杂事。他的琴声如泣如诉。每逢此时,里根就静静地站在山岗上,渐入佳境,丑陋的家伙便徐徐地降了下来。里根喜欢民歌,不喜欢靡靡之音。它趣味高雅,比在镇子里跳扭屁股舞的那些毛孩子强多了。

那年冬天,毛孩子们偷走了里根,找个没人的地方把它宰了。配种站让李来昆赔九百块钱,他说没有。降到七百,还是没有。降到四百五,他说有,我认栽了!他把准备买黑白电视机的钱给扔出去了。他如丧考妣,沿着公路往东走,见人就问看见里根了吗?不认识他的人觉得他是疯子,认识他的人都可怜他,劝他别找啦,丢就丢了，又不是儿子。他不听劝，接着问你们看见里根了吗？不可怜他的人就跟他开玩笑，里根任期届满了，驮着老婆回家写自传去了。

小寒那天落了大雪。他走过四合庄、齐门庄、盐水铺，在一家饭馆的屋檐上看见了里根的头。它悬在那儿，黑黑的，翻着鼻孔，眼珠儿上蒙着土，舌头也不见了。他推门进去，要了一瓶二锅头和一盘驴钱儿肉。肉片是圆的，颜色发红，散发着五香的气息。他想这就是里根的根了。他吃着，喝着，又要了一盘驴钱儿肉。他说这是我的驴。人们都看着他。他说这是里根的大乱耙。人们哄一下就笑炸了。

老婆半夜不见人，打着手电满世界找他。大雪淹了棉鞋，没有停的意思，她就哭了。大弟从窑上号了十几个人，撒在公路上，大呼小叫地往前走。没有影子，却听到了口琴的声音。他们在北山的老林子里找到了他。他明明喝醉了酒，竟然没有倒下，走得满头大汗。他反复吹着同一个曲子——《北京的金山上》，把嘴皮子都扯破了。老婆叫一声大昆，哭在他的怀里。他傻乎乎地笑着，对大弟说，我吃了五盘！我找不着咱家了！

夜里，缠着老婆做事。他说驴根子吃多了，要憋死了。做了一次不够。天快亮了又做。老婆说你不想活了？他说我不想活了！老婆硬扳开他，发现他凸凸的眼睛里浮着一层灰。

"你别吓我！"

"我不吓你！"

"琢磨啥呢？"

"琢磨活不过人，死了倒强些。"

"来昆，想这个你是混蛋！"

"下坡路走起来没个完，没意思了。"

"你混蛋！来昆！"

"我逗你玩儿哩!"

一丝怪笑从黑脸膛上漾了出来。这就是死不了的李来昆走向末日的预兆了。可是可是,这样的人怎么会死呢?

李来昆怎么会死呢!

去年清明节,我一个人回乡下扫墓。父亲脱不开身,就用废纸剪了一大堆纸钱儿,让我带上。我一路风尘,不是想投入祖先的怀抱,也不是为了向祖先表示歉意,没什么大事,只想给他们送点儿零花钱。在这个世界上钱是很要紧的。他们那里也是如此。哪怕在地狱的最底层,也找不到一个鬼魂愿意过窘迫的捉襟见肘的日子。大家都理解这一点。我背着一书包废纸也就足以自慰了。

我在长途车上遇见了一位表兄。我向善谈的表兄打听李来昆的情况。表兄眉飞色舞地告诉我,李来昆几年前已经死了。我认为死人是正常的，但是他的死让我觉得有点儿意外。我没有悲伤，只有不舒服。这种不舒服语言无法说明。当你想说明的时候，它可能已经消失了，也可能变成一种可以说明的舒服了。

我把纸钱散在祖先坟头的小树上。小树挨着小树，牵扯的坟头越来越多。我很可能把别人的祖宗也孝敬了。我不在乎给别人钱花，当然仅限于这个地方，在商店里我不会多给他们一分钱。对那些拖欠稿费的同志，我的原则是张嘴咬他们。

我住了一夜，临睡前大肆串门儿，还钻到一间屋子里打了两圈麻将。我看到了许多面孔，听到了许多语言。我提到李来昆的死，大家却更愿意说些尽人皆知的往事，提到他早年的聪颖和好运。我们谈笑风生，沉浸在往事的欢乐之中。我觉得在外面游荡的李来昆就要拍拍门微笑着走到屋里来了。

来昆，你好吗？

我在清明之夜失眠了。

李来昆死得很奇怪，也太窝囊。他给大弟的煤场看大门儿，贪酒，喝醉了能爬到传达室的屋顶上吹口琴。他不醉的时候也爱转悠，一转就转到半夜。这很像父亲。他越活越像没出息的父亲。但是他不骂人，也不在街上睡觉。他老丢钥匙。丢在文化站。丢在酒铺。丢在厕所的小便池里。进不了煤场的大门就翻墙头儿，不管醉还是不醉，他都能做到这一点。在夜深人静的时候，人们经常看到他像野猫一样翻上煤场的墙头，坐一会儿，然后扑通一声跳下去。那天晚上他又喝多了，却没有爬墙头，而是笨手笨脚地爬上了煤场的大铁门。一个路过的人看见他滑下来，还跟他开玩笑，又把钥匙丢在谁家的炕头上了？

"拴你媳妇裤腰带上了！"

他爬得很高兴。大铁门又高又滑，顶端有一排铁刺，中间的一尺多长，两边的半尺多长，像一种杀人的古代兵器。不知道他几时才爬上去。十二点？一点？总之他爬了上去。他爬上去就没有下来。不知是脚下一滑，还是手下一滑，他把自己结结实实地串在大门的铁刺上了。没有人听到叫唤。煤场建在公路的南侧，他叫唤别人也听不到。不过有人听到了叫唤。他说他以为是猫头鹰，听了听又像老鸹，就接着睡了。四点钟才有人发现他。那人输了一夜麻将，跑到公路上散火儿，发现煤场的大门上担着东西。走到路灯底下看出是个人。门板上涂了一层血，像柏油一样闪闪发亮。

"不好啦！来昆给扎透啦！"

这声叫唤倒是让所有人都听到了。他们不明

白扎透了是什么意思。跑到煤场,他们明白了。李来昆脑袋朝里,屁股朝外,趴在两根铁刺上。一根长的露在后腰左侧,有两三寸。另一根短些,没扎透。大弟红着眼,一边研究一边指挥人站在桌子上拔他。拔不下来。李来昆哼哼了一声。大弟跑过去,发现长兄的凸眼睛正温和地瞧着他,立刻抽泣了。他们在混乱中把大门从合页上摘下来,险些失去平衡。他像鱼叉上叉着的一条大鱼,弯过来弯过去,任由人们根据需要变换他的姿势。他们用焊枪切割起来,一团团火花溅在衣襟上,好像他本人在发光似的。老婆从槐树堡赶来,看见他晶莹剔透的样子,当场就昏厥了。他被抬上了运煤的大卡车,身上带着两根铁刺和一块月牙形的门板。老婆也上了车厢。她抓着他的两只手,目光呆滞,一语不发,跟停止呼吸了一样。卡车煤粉飞扬,像裹着一团黑雾,不到二里地便抛锚了。他们又把李来昆和那些金属抬上了二弟开的手扶拖拉机。拉白灰的手扶拖拉机蹦蹦跳跳地驶向县城，倒霉的李来昆和他的亲属又笼罩在一片白雾之中了。他侧身躺着，一直没说话，也没呻吟，目光像老羊一样平静。老婆也不说话，不停地给他搓手，怕冻着他似的。大弟一腔悲愤，抓着挡板痛哭流涕，连连嘟囔，我对你怎样？嫂子对你怎样？大伙儿对你怎样？二弟说你别啰唆了，让咱哥踏实一会儿吧！

赶到县医院，李来昆的眼神儿就散了。他身上的铁器把医生吓了一跳，深入地看一看又释然了。医生说在走廊里观察吧，做好思想准备。李来昆卧在担架上，前突后凸的样子吸引了很多人。大弟给他盖了一条白单子，还有人凑过来看。他们看什么呢？急诊室在忙碌，救一个喝了敌敌畏的人，还有一个让花盆砸了脑袋的人。世界很公平，自找倒霉和倒了霉的人还是很多的。李来昆耗了半个多小时就死掉了。死前回光返照，跟老婆说了一生中的最后一句话。那是一句笑话。他到最后都是清醒的。他知道自己卧在从伤口淌出的污物之上。他一定闻到了那股熟悉的亲切的味道。他冲着老婆长长的眼睫毛露出了仅剩的一丝笑容。他在无比的满足中飞升了。

"……屎都出来了……"

大弟从他的裤兜里掏出了那把口琴。口琴上有血，有腹腔的液体，还有粪便的残渣。大弟躲到厕所长哭，把口琴对着水龙头。他哭得昏天黑地，又冲不干净，就把口琴随手扔在废纸篓子里了。老婆没有哭。老婆知道他走了，却继续搓他的手，像拽他，又像送他。喝敌敌畏的人活了。让花盆砸着的人却死了。李来昆在外人的哭声里鼓着两只眼，永远盯住了一个让他迷惑的地方。

老婆拨他的眼皮，拨不动。她继续拨他的眼皮，让他把难看的眼珠儿藏起来。许多人看着他们，看着奇异的死者和他的亲属。他们身上都有一层白粉，白粉之中还掺着一些黑粉，仿佛死者刚刚死去，活的和死的就一块儿发酵，发霉，眨眼就长出绿毛和白毛来了。死不了的李来昆就这样死掉了！

我不悲伤，但是我不舒服。

清明第二天下了小雨。表兄到车站送我，亲切地呼着小名，再一次让我感到不快。他希望我寄一本书给他。他还希望我写出更好的故事。我说你喜欢看什么故事呢？我没想到他会那样纯朴。他的脸红了。

"我喜欢看搞破鞋的故事。"

"镇子里有破鞋，不能亲自搞搞吗？"

"你嫂子还不拿菜刀切了我！"

"你还是看书吧。"

我的话他信了。我说我的书没意思。我说我要寄给你一本邓选和一本养猪知识，行吗？他有点儿明白了。他说行行！啥都行！是本书就行！表兄确实很纯朴。他的脸又红了。

汽车经过煤场，我看见了那扇铁门。铁门顶端的缺口还在，那是李来昆的遇难之地，也是他不可思议地悬挂过的地方。他在上面独处的时候，心境一定是困惑的吧？斯人已逝，缺口上只补了一截铁蒺藜，像南瓜藤一样随便地攀援着。他的大弟真是一个节俭的人。他为什么不肯换一扇门呢？可是，他凭什么要换一扇门呢？

我在长途车上沉思。我思考生活，思考欲望，思考各种乱七八糟的细节。我非常重视细节。比如一个眼神儿，一粒药片，一枚中号的避孕套，一个不长的句子，等等。这是我的长处。但是，我经常陷入细节的泥沼中不能自拔，在潮湿的清明节更是如此。我的长处便是我致命的弱点了。

我想起了几年前的一件事。我休创作假,在故乡的文化站小住。某天挤在人群里看电视新闻,突然发现自己出现在一部电影的首映式上。我并不得意,但心情是愉快的。我看到李来昆醉醺醺地朝电视走过去。那时候他已经完全颓唐了。他指着屏幕中间的人,取笑说我们想看公母俩配对儿,你们是一撮屌毛,支棱在旁边干啥?我和大家一起笑着,脸色可想而知。他说我是屌毛。他不也看出自己是一根屌毛,不是正经家伙,所以才颓唐了吗?我起誓要用一篇小说骗了他!现在看来,只能以胡言乱语来祭奠他了。事后我不得不承认,他对我的虚荣心的打击是正确的。他的下流话从哲学上摧毁了我。我发现自己必须谦虚地活在世上,把尾巴紧紧地夹起来。

我是一根平凡而恭顺的屌毛。

我换乘地铁回家，在车厢里昏昏欲睡。我的眼前有一扇门，门的绿漆刷成蓝漆。但是，门上的血迹还在。这扇门最后刷成了黑色，我自己像条死鱼一样挂在上面了。我不停琢磨明天和明天以后的日子。我要活得更纯粹一些，更成功一些，否则我会不舒服。我想出一百种比写书更有意思的事情。但是，我知道自己一件也干不成。除了必须写书，激励别人——激励表兄那样的人？鼓舞别人——想想什么事情能鼓舞我！——我还有别的活路吗？

在和平门地铁站，碰上了一个吹口琴的中年人。他双目失明，笔直地站在出口的拐弯处，吹着旋律熟悉却叫不出名目的一首情歌。如果没有那个扔着几枚钢镚儿的搪瓷缸子，这就是天堂入口的景象了。我平常不注意这种街头点缀，今天却停下来，听着，心头猛然一热。我感知李来昆游荡在地层深处的一个地方，呜呜地吹着他惯常吹奏的曲子，正愉快地追击那些永远难以实现的梦想呢！

我被自己的感觉感动了。我在心里说，狗蛋——真不好意思，这正是我的小名，它听起来多么粗鄙呀！我说狗蛋，李来昆的驴不是瘸子，你的笔杆子也不是吃素的，你要攥紧了它好好干工作！你的笔喷着蓝墨水儿，是想扭秧歌呢，还是想骂大街呢？我说狗蛋，你要听领导的话，听老婆的话，你要做一个让方方面面都信得过的人呢！

我往搪瓷缸子里扔了一块钱，咬咬牙，又扔了一块钱。这可是破天荒的事。我很欣赏我的仁慈和道德感。不过，我知道不能再扔了，再扔一块钱，我儿子的剃头钱就没有了。

狗蛋从和平门的地底下钻了出来。

今年的清明节老子哪儿也不去啦！

附录

说不尽的刘恒

兴 安[*]

认识刘恒快三十年了,作为曾经的同事和他小说的责任编辑,我只写过他一篇文章,还是在二十多年前。有时候特别熟悉的人反而不知道从何写起,因为一想起往事,各种记忆像开闸的水一样涌满眼前,让人很难落笔。1985年我大学毕业,来到《北京文学》杂志社小说组工作,刘恒也在这里当编辑。那时候他还没有戒烟,瘦高,

---

[*] 兴安,评论家、水墨艺术家、作家、编审。曾任《北京文学》副主编,现为北京作家协会理事。著有散文集《伴酒一生》《在碎片中寻找》等。

经常是窝在一只老式的沙发里看稿子，手里掐着烟头，嘴里不时喷云吐雾。据说，那个沙发老舍、杨沫、汪曾祺、王蒙等前辈作家都坐过，我相信刘恒是沾过他们的仙气，因为他们都在这里做过文学编辑。

假如刘恒没成为著名的作家，那他肯定也是个非常优秀的文学编辑，不少作家和作品是经过他的手而为人所知的。一个编辑帮作者改稿子，并且他的修改能让作者有所感悟，由此走上一个新的台阶，这样的编辑才是真正的好编辑。我也是受到过他鼓励和帮助的一个作者，当时我写一些小说，经常请他看，他每次都非常认真地阅读。记得我写过一篇模仿美国后现代作家纳博科夫叙述风格的小说《做贼》，其中用了很多解释性的括号，他觉得这种表达挺有意思，并对标点在括号中的使用与我探讨，让我受益匪浅，后来这篇小说发表在了《青年文学》上。

20世纪90年代中期，他的两部小说《黑的雪》《伏羲伏羲》已经分别被导演谢飞和张艺谋拍成了电影《本命年》和《菊豆》，短篇小说《狗日的粮食》也获得了全国优秀短篇小说奖，他已经是个很有名的作家和编剧了。我接了一部电视连续剧的写作。头一次写剧本真是无从下手，我拿着写好的草稿请他帮忙。第二天，他竟然帮我修改了近半集的戏，有的部分几乎是他重新写过。这种言传身教的帮助让我对戏剧有了非常深刻的领悟，使我顺利完成了这部剧本的写作。他不仅在工作和写作上帮过我，并且在生活中也是如此。记得有一次我搬家，他听说后主动来帮忙。我家里有个衣柜很高，电梯装不下，只好从楼梯往上一点一点扛，他和我的姐夫一起愣是将衣柜扛到了十二层。最后，还是他将楼下剩余的一些小杂物，装满一个兜子里送上来，替我做了搬家的收尾工作。

或许是从小家境比较贫寒，他养成了非常勤俭的习惯，甚至到了在我看来对自己吝啬苛刻的程度，不光不乱花钱，兜里也几乎从不揣钱。当时我们俩经常一起骑着自行车下班，经过菜市场，他总会从我这里借几块钱买菜回家。直到他的小说改编成电影挣了不少稿费后，有一次，我俩像往常一样骑车回家，突然，他叫住我，说："今天我请你吃雪糕。"我几乎不相信自己的耳朵，但是我确实吃到了他买的雪糕，而且是最贵的"和路雪"那种。我相信那是我们俩吃得最香的一次雪糕，至少对我来说是这样。成名后的他依然是不忘本色，几乎没打过出租，即使是参加重要的活动，他也是坐地铁或者骑着他那老旧的"二八"自行车，为此他还经历了一次险情。他与我相约去

"文采阁"参加一个文学策划会,我本想打车过去,可他偏不肯,只好一起骑车前往。中途他感觉车前叉有点不对劲,就找了个修车铺检查,修车的吓了一跳,说:幸亏你来得及时,不然前叉断了会出人命的。现在想来都有些后怕,如果那天真出了事,我们还会看到他后来给我们贡献的著名的小说《贫嘴张大民的幸福生活》,以及电影《秋菊打官司》《集结号》和《金陵十三钗》吗?

在中国文坛混迹这么多年,我也算是一个亲历者。我看过太多一个作家成名或者当官后的变化,有些嘴脸甚至让人陌生和躲之不及。刘恒当然也有变化,但是他是变化最少的一个。因为我了解他早在写《狗日的粮食》开始就是一个冷静的或者说是悲观的写作者。他对人的本性之善恶早就有所准备和警惕。而这种冷静悲哀的世界观在他的代表作中篇小说《伏羲伏羲》中被发挥得淋漓尽致。或许在他看来，人性本质是黑暗的、阴冷的，它可能潜存在人类意识的深处，一旦有机会，它就会释放出来。而短篇小说《拳圣》则是他写人性恶的极致。相反，他作品中的女性形象却多数是可爱的，或者是让人怜惜的，即使是她们的反叛和愤怒，也是源自她们的人性之善。比如《狗日的粮食》中的瘿袋，《伏羲伏羲》中的菊豆，还有《贫嘴张大民的幸福生活》中的李云芳，等等。在现实中也是如此，他对女人充满了尊重，与女孩子说话，总是态度谦和，微笑面对，绝不会出口恶俗的玩笑和露骨的言辞。不少读者因为看了他很多涉及性爱的小说，对他的私生活充满好奇，也有人向我探听过这个问题。我告诉他：真正坦然写性的作家，在个人生活中往往是保守和有节制的，他把他对性的想象和理解转化成了艺术，而那些在写作中不敢坦然面对性的人，在个人生活中，可能往往很难经受住诱惑。中国古代梁简文帝萧纲的《诫当阳公大心书》有说:"立身先须谨重,文章且须放荡。"我深信这个道理。况且对性的理解也分不同的档次,又如《易经》所言:"形而上者谓之道,形而下者谓之器。"所以,我敢说,刘恒是国内少有的没有绯闻的作家之一,因为他早已参透了性与爱的本质。

1996年,我出任《北京文学》杂志的副主编,他成了北京作家协会的驻会作家。他的家就在我办公室的楼上,我经常会去他家里聊天。他也会把最新写好的小说给我看。当时约他小说的杂志很多,所以,我常以我是他小说的第二个读者而感到窃喜,因为他的第一个读者永远是他的夫人。他给我稿子的时候总要希望我提些意见,让我觉得满意才可拿去发表。那个时候,很多作家都开始用电脑写作了,而他始终用传统的墨水钢笔写作,一笔一画,蝇头小字,如有修改的地方,他都会重新誊写一遍稿纸,所以他的稿子永远是干干净净,散发着墨水的香气。几年里,我亲自当责任编辑发表了他的三篇小说《天知地知》《拳圣》和《贫嘴张大民的幸福生活》。其中,《天知地知》获得首届鲁迅文学奖,《贫嘴张大民的幸福生活》获得首届北京市文学艺术奖,并被改编成电视连续剧,成为当时最受老百姓欢迎的电视剧。

2003年,刘恒被推举为北京作家协会主席,后又被选为中国作家协会副主席,并当了北京政协委员。他的电影剧本写作也达到了巅峰状态。先后写了电影《云水谣》《集结号》《张思德》《铁人》《漂亮妈妈》《金陵十三钗》及话剧《窝头会馆》等剧本,获得过国内和国际的无数奖项,被誉为"国内最成功的电影编剧"。多次与刘恒合作的导演张艺谋对他的评价是:"刘恒是当今中国最好、最认真的编剧。"成了大腕，除了创作，事务性的工作也多起来，但是他依然保持低调，保持自己的个人时间与空间。这些年我与他见面的机会并不多，但每次见面我们彼此都非常高兴，而且肯定要聊一些家常。一开始我还有些不自然，因为我对发迹或当了官的人总是敬而远之。可是他的真实的微笑和热情的问候打消了我的顾虑。我知道他是个不忘记旧情的人，更不是个用虚假的应付对待朋友的人。我们都老了，他已接近花甲，我也已经过了知天命的年龄，我们永远也不可能回到那个一起骑着自行车吃雪糕的岁月。

去年，他做得最让我感慨的一件事是他倡议并亲自主编了"老编辑文丛"，这套书选编了曾在《北京文学》杂志工作过的十一位老编辑的作品，这些人都是他和我当编辑时候的前辈同事和老师，其中六位已经离开人世。在序言《梦想者的痕迹》

中，刘恒写道:"作为编辑,躲到鲜花的后面去,躲到掌声的后面去,躲到一切浮华与喧嚣的后面去,是这个职业与生俱来的宿命,在他们早已是司空见惯的处境了。他们朴素的文字与他们平凡的人生相呼应,一并成了默默的耕耘者的写照。我期待用心的读者聚此一阅,对这些文章和文章背后的仁者保持真诚的敬意。"作为一个编辑出身的作家,他深知编辑的辛苦和寂寞,更牢记了编辑给予他的帮助。他写道:"我有幸与他们共事多年,并以此为傲。我不是一个称职的参与者,却是一个不折不扣的受益者和见证者。他们的勤勉和谦逊,淡泊与宽容,敏锐和通达,以及年复一年日复一日的不懈劳作,滋养了《北京文学》这块阵地,滋养了无数有名或无名的作者与作品,也滋养了我。他们在潮湿的屋子里伏案苦读的背影,在狭小的办公室聚首畅议稿件的音容笑貌,至今仍历历在目，鄙人将没齿不忘。我斗胆呼唤读者来亲近这套不起眼的书籍，却并非出自私利与私情，而是希望有更多的人来领略一种淡淡的仁慈、拙朴、坚韧和梦想，并从中吸收于人生有益的养料。那些深爱文学的人，必定会在前行者的足迹中领悟到职业的真谛乃至人生的真谛，并像我一样受益终身。"我不惜笔墨引述他的文字，是因为他的表达也是我的表达。我做了三十年的编辑，也做了差不多三十年的文学评论者，如果在我退休或者死去的时候，有人这样回忆和评价我和我的工作，我不能说含笑九泉，至少会死而无憾。

回首刘恒与我这么多年的亦师亦友的交情，我感觉他竟然扮演了那么多的角色：编辑、小说家、编剧、作协领导、政协委员，当然还有我没写到的好父亲、好丈夫的角色等等。他的每一个角色都扮演得非常成功，得体、自然、亲切、磊落，因为他不需要演技，他是个本色本真的人。而在我的心目中，他永远是一个兄长，一个可以信赖，让我受益终身、无法说尽的兄长。